AF617451

LA PLAYA

Marina Perezagua

LA PLAYA

PRE-TEXTOS
NARRATIVA

El día 5 de septiembre de 2023, un jurado compuesto por David Felipe Arranz,
Ángeles Caso, Eva Díaz Pérez, Silvia Pratdesaba, Manuel Vilas
y Guillermo Busutil, en calidad de presidente
otorgó el III Premio de Novela "Ciudad de Estepona".
Resultó ganadora la novela *La playa*, de Marina Perezagua.

Diseño gráfico: Pre-Textos (S.G.E.) y *
Imagen de la cubierta: *Person on Beach by Red Lake* © Maxim Kovalev

1ª edición: marzo de 2024

PRE-TEXTOS, 2023
Luis Santángel, 10
46005 Valencia
www-pre-textos.com

con la colaboración de:
Fundación Manuel Alcantára
y Ayuntamiento de Estepona

IMPRESO EN ESPAÑA/PRINTED IN SPAIN
ISBN: 978-84-19633-91-0
DEPÓSITO LEGAL: V-295-2024

Impreso en Safekat S.L.

Hay golpes en la vida, tan fuertes… ¡Yo no sé!

CÉSAR VALLEJO

Oh, Señor, tu mar es tan grande,
y mi barco tan pequeño.

Oración marinera anónima

A todas las madres que parieron solas.

A mi bisabuela Dolores.

A Adrianne, nuestra enfermera.

Para mi hija Estrella.

Cuando tengas edad de leer estas aristas de tu madre
algunas ya te habrán hecho algún rasguño.
Todos mis filos, cristales rotos o pulidos, vienen del amor.
Nos conocimos desnudas,
así te escribo,
así debes leerme.

I

UNA PETICIÓN

Una petición sobre la que se empezó a levantar este libro:

Quiero a mi hija viva:
viva como sea.
Como una niña,
como una mancha,
como una costra.

II

CONTEXTO

Mi madre ha intentado quitarme todo lo que he logrado en mi vida, o burlarse de ello. ¿Cómo pude terminar por ser tan necia de pensar que iba a permitirme llevar a término mi embarazo sin incidentes? Cuando me quedé embarazada prometí que jamás me quitaría a mi bebé. Lo recuerdo perfectamente. Era una voluntad tan poderosa de conservar a mi niña que se convertía en posesión cuando me decía a mí misma: Mamá, jamás me quitarás esto. ¿Qué pasó desde esa promesa firme de protección, a asistir al siniestro espectáculo de ver a mi madre simular el atragantamiento que desencadenaría mi tragedia? Fui una estúpida, por pensar, una vez más y sin motivo alguno, que mi madre podría protegerme.

***

Dos mujeres prostitutas compartían casa, y parieron casi al mismo tiempo. Una noche, mientras dormía, una de ellas se acostó sin querer sobre su hijo y lo asfixió. La mujer cogió a su niño muerto, entró en la habitación de su compañera y lo cambió por el niño vivo. Cuando esta fue a amamantar a su hijo, se dio cuenta de que estaba muerto y de que no era su hijo. Ambas mujeres se enfrentaron hasta que el rey Salomón intervino con su célebre juicio, narrado así en el Primer Libro de los Reyes:

> Esta afirma: "Mi hijo es el que vive y tu hijo es el que ha muerto"; la otra dice: "No, el tuyo es el muerto y mi hijo es el que vive".
>
> Y añadió el rey: "Traedme una espada".
>
> Y trajeron al rey una espada. En seguida el rey dijo: "Partid en dos al niño vivo, y dad la mitad a la una y la otra mitad a la otra".
>
> Entonces la mujer de quien era el hijo vivo habló al rey (porque sus entrañas se le conmovieron por su hijo), y le dijo: "¡Ah, señor mío! Dad a esta el niño vivo, y no lo matéis".
>
> "Ni a mí ni a ti; ¡partidlo!", dijo la otra.
>
> Entonces el rey respondió: "Entregad a aquella el niño vivo, y no lo matéis; ella es su madre".

Mi niña y yo somos lo que podría haber pasado si el rey Salomón hubiera utilizado su espada: la vida partida, la carne separada. Mi madre es la indiferencia hacia la carne de su carne. Mi madre sí se habría quedado con el niño muerto, o con medio niño. El juicio de Salomón, tal como lo conocemos hoy, habría sido muy distinto.

***

El sabor de mi madre es amargo. Aunque no lo recuerde, lo sé.

Mi madre ha cometido infanticidio, o lo ha intentado cometer, pero esto lo contaré más tarde. Si lo menciono al inicio de este relato es porque quiero que se sepa desde el principio; que quien me lea, conserve en la cabeza este hecho, desde el primer instante: mi madre anticipó la llegada prematura de mi hija, que nació casi cuatro meses antes de la fecha esperada.

Mi madre precipitó mi parto. Y luego, se fue.

Era un día de playa.

Uno de mis primeros recuerdos tiene que ver con una rotura. Salí corriendo de mi habitación, lloraba, gritaba: "¡Tengo el culo roto!". Mi madre me decía cosas y yo no oía. Estaba convencida, yo misma me había tocado el culo y había sentido esa separación entre los glúteos. Fue mi primera percepción de esa parte de mi cuerpo. Mi madre se bajó los pantalones, la ropa interior, y trató de tranquilizarme enseñándome que ella también lo tenía igual. Lo más que consiguió fue que, durante un tiempo, pensara que éramos las únicas que teníamos el culito roto, y en realidad eso me alivió más que el haber comprendido que es un rasgo común en toda la humanidad. Me calmaba pensar que mi madre y yo, sólo nosotras dos, estábamos unidas, así fuera por una grieta, por una zanja.

***

Hoy esa zanja es el lecho de hojas secas al final de un acantilado por el que empujo a mi madre. Porque me sacó de dentro a mi niña antes de tiempo. Y en sueños, en sueños la golpeo. No me avergüenza reconocerlo: golpeo a mi madre con furia antes de despeñarla. Si en estos días no estuviera viviendo pegada a una incubadora, tal vez esos sueños serían actos.

La última vez que vi a mi madre encontrándome en un estado de bienestar mental y físico fue hace pocos días. La playa. En sus dunas aún debe de haber rastros de las arenas de unas horas de calidez y plenitud, mezcladas con las partículas del inicio del desastre. Yo sé que en aquella playa quedó algo clave. Algo valioso y que necesito. Una pieza de oro que ninguno de esos rastreadores de metales que empiezan a surgir a la caída de la tarde puede encontrar. Intuyo que es el perdón. Pero aún no lo encuentro. La playa, esa playa particularmente, no tiene fin.

III

25 SEMANAS Y 5 DÍAS
652 GRAMOS

(Resurrección)

La piel de mi bebé es tan fina, translúcida, y está tan enrojecida que parece que mi niña está cruda. Mi bebé sin terminar de hacer, nacida en ese límite que los médicos repetían cuando, sin darme lugar siquiera a verla, se la llevaron aprisa mientras sus voces se iban diluyendo hacia la lejanía de los pasillos: "Nacida a las 25 semanas, el límite de viabilidad".

A las pocas horas me explicaron el significado de ese límite: los bebés que nacen antes de la semana 28 son considerados bebés microprematuros y tienen alguna posibilidad de poder llegar a sobrevivir fuera del vientre materno durante unos minutos, unas horas o, en el mejor de los casos según el deseo de la mayoría de los padres, pueden continuar gestándose durante meses en una incubadora, sobre las sábanas impolutas del terror a graves secuelas.

***

Mientras me deslizaban por los corredores del hospital, oía que una de las muchas voces que sobrevolaba mi camilla ordenó repetidas veces: "Vamos a intentar salvarlas a las dos".

Una vez en el quirófano, los médicos y las enfermeras se movían rápido, por la superficie gelatinosa de ese ojo de un tornado que nos envolvía de forma cada vez más estrecha. De vez en cuando me miraban con temor. Era una sensación extraña, porque aquella preocupación, al parecer imposible de disimular, al mismo tiempo me halagaba. Todos cuidaban de nosotras. Nadie, en ese momento, pensaba en otra cosa que en salvarnos, a las dos, así lo habían dicho: "Vamos a intentar salvarlas a las dos". Ninguna de esas personas, en ese instante, tenía familia, ni horarios, ni otros problemas, ni hambre. Una enfermera con el cabello abundante, muy ondulado y rojizo, me apretaba la mano para tranquilizarme, y cuando sentí que la iba a retirar yo la retuve. Ella no volvió a intentarlo. Entendió que esa iba a ser su función más importante durante todo el proceso.

***

Me hicieron una ecografía para comprobar que mi bebé era viable.

En el estado de Nueva York, los médicos están obligados a reanimar a un bebé a partir de la semana 26, independientemente del deseo de los padres. Pero esto depende de su viabilidad, es decir, si el bebé pesa mucho menos de lo que le corresponde según su edad gestacional, algunos doctores les ofrecen a los padres la posibilidad de tomar parte en la decisión. Yo estaba en lo que se conoce como "la zona gris", una zona incierta que depende del consenso entre una madre totalmente ignorante en asuntos médicos y unos doctores igual de inseguros en los cientos de variables que presentan los bebés microprematuros.

Me arrojaron la decisión, y me preguntaron si, en el caso de que mi niña no fuera viable, deseaba que le practicaran las maniobras de reanimación cuando naciera. Me dijeron que así podría vivir algunos minutos, nos darían la posibilidad de conocernos en vida. Creo que no contesté, porque alguien repitió la pregunta con otra palabra: "resucitación". Tardé en dar una respuesta, mi cabeza estaba centrada en un diálogo incomprensible conmigo misma. "Resucitación". Nunca habría asociado esta palabra con un bebé, mucho menos con la hija que hacía pocas horas se movía dentro de mí mientras yo nadaba ingrávida en un pedacito del océano Atlántico. Resucitan los viejos o los muertos o los dioses en quienes no creo. O así debería ser.

Por fin mis pensamientos volvieron a abrirse a la comunicación exterior, y respondí: "Sí. Que la reanimen".

Y luego lo repetí, temiendo que por mi debilidad no me hubieran escuchado: "Sí. Que la resuciten".

Y lo escuché de nuevo: "Está bien. Vamos a intentar salvarlas a las dos".

***

Si en aquellos momentos mi madre se hubiera quedado conmigo, si hubiera querido o podido preocuparse y amar a mi hija, tal vez yo podría haber empezado a quererla de nuevo. Pero, una vez más, se fue, y no regresó hasta el día siguiente. Fue capaz de pasar veinticuatro horas sin saber si al menos una de las dos, su hija o su nieta, había logrado sobrevivir a esa noche. Y entonces, por si fuera poco, me sobrevino de un golpe todo el abandono al que mi madre me había expuesto desde niña.

Cuando mi madre salió del hospital durante aquellas primeras horas inciertas, se salió también de esa posibilidad que yo atesoraba de poder llegar a desprenderme de la soledad con la que me había vestido desde pequeña: un vestido diferente para cada día de la semana, y uno especialmente solitario para los días festivos, las navidades, para cada uno de mis cumpleaños nunca celebrados.

Cuando me llevaron al quirófano, mi hígado y mis riñones ya habían empezado a apagarse. Mi presión arterial era de 220/160 mmHg. De repente, me vi rodeada de médicos y personal sanitario. Alguien con voz de mujer me explicaba que podía empezar a tener convulsiones y me pidió que confiara en su equipo. No sé en qué momento, pero entré en una especie de limbo pesadillesco que iba a durar varios días, porque el sulfato de magnesio utilizado para atenuar la posibilidad de un derrame cerebral me debilitaba, no tenía fuerzas para cambiar de posición, siquiera para hacer algunos gestos, y el pensamiento se volvía anacrónico: si algún doctor me daba una respuesta a algo que yo le había preguntado, ya se me había olvidado la pregunta, así que la respuesta resultaba enigmática, amenazante. Y mi bebé no estaba conmigo. La leche no subió. "Sólo importa continuar con vida", te dicen, pero las hormonas, el instinto, te imponen la necesidad de tu recién nacida mamando de tu pecho. Tampoco ella sobreviviría gracias a mí. En el caso de que sobreviviera gracias a tantos otros factores que no requerían siquiera de mi existencia, iba a necesitar la leche de otra mujer o fábrica. Iba a necesitar, también, un milagro. Lo pienso y tal vez algún día deje de pensar así, pero en este momento aún lo creo: mi cuerpo es un fracaso.

***

Mi madre estuvo en el umbral entre mi vida y mi muerte con la misma levedad y despreocupación con que me trató siempre. Ella estuvo allí, presenció la celeridad de los médicos, que la informaron de la gravedad de mi estado mientras yo estaba en el quirófano. No podía ser algo abstracto para ella. Sí, mi madre estuvo en el umbral entre mi vida y mi muerte, pero, al mismo tiempo, no estuvo, como terminaría de confirmar cuando decidió marcharse. Mi madre fue esa luz al final del túnel, alejándose como un tren en la noche fría, mientras yo trataba de regresar arrastrándome hacia la vida como un lagarto sin patas.

***

Sentí una presión intensa en mi vientre, y todo sucedió muy rápido, las contracciones no me daban tregua, se sucedían una tras otra, como la gran ola de un tsunami que amenazaba con arrastrarnos a mi hija y a mí, ambas demasiado pequeñas para un mar tan alto. Escuché un bramido de dolor, como una vaca. Era yo. Era una entrega gutural de fuerza. Siempre pensé que los gritos durante el parto son chillidos, agudos, pero ahora sé que no es así, o no siempre, yo al menos grité como para dentro, como hacia mi vagina, y no hacia el cielo. No. No hacia el cielo. El cielo sólo me ofrecía pavor en esos instantes.

El equipo médico me animaba a empujar. Sé que soy físicamente muy fuerte, pero en ese momento me daba terror sacar al mundo a mi niña, de manera tan anticipada. Sabía que no estaba empujando todo lo que podía. Una enfermera me acercó un espejo a la vagina para que pudiera ver el momento en que asomaría su cabeza, supongo que con la intención de animarme. Llegó una nueva contracción y volví a empujar, y aunque seguía conteniéndome un poco, la vi aparecer como una esfera que coronaba mi vagina entre las brumas ensangrentadas del parto. Me sobrecogió tanto que me puse a llorar, así que perdí las fuerzas y para la próxima contracción no fui capaz de empujar, toda mi energía se había quedado en la emoción de ver esa cabeza que yo había creado a ciegas y en tan poco tiempo. Me pareció magia. ¿Cómo se hace una cabeza?

Pero era vital que saliera cuanto antes. Los médicos insistían con ánimos, pero también con una determinación que por momentos se volvía ruda y hasta amenazante. Era como una orden, me decían que tenía que hacerlo, que había que evitar una cesárea, que los bebés prematuros que nacen vaginalmente tienen mayores posibilidades de sobrevivir. Entonces sí, aguanté la respiración y empujé tan fuerte como pude, una sola vez, pero me pareció un tránsito interminable, y sentí el ardor, el estiramiento, o la rotura o algo que se desgarraba en mis tejidos. Y mi niña salió.

Creo que escuché un llanto leve, como el de un gatito, y entonces, nada. Se hizo el silencio. Alcancé a verla entre la neblina de mis ojos. Me pareció que su cuerpo estaba lacio. No le vi la cara, pero algo que debían de ser los brazos y las piernas caía hacia los costados del médico que la sostenía, que la envolvió en una manta y desapareció de mi campo de visión.

***

Es difícil contar un parto prematuro, porque estás y no estás. Lo ves desde los ojos cerrados de tu hija, porque es en ella donde estás situada, y eso significa verlo desde la absoluta incertidumbre. O tal vez sea el miedo, quizá hemos malinterpretado el miedo como un sentimiento personal y subjetivo. Tal vez nos hayamos equivocado, yo al menos siento que el miedo –y no hablo sólo el de un parto anticipado– es algo que está en otro, una sensación que nos pertenece sin pertenecernos, ahí está el espanto. De vez en cuando sucede que vuelves a ti misma y ves algo, no sé qué, pero no es nada realmente objetivo que se pueda describir para que alguien lo entienda como un parto prematuro. Lo más parecido a lo que viví me lleva a una imagen que se me quedó grabada para siempre sobre una superviviente de aquel terremoto submarino de Sri Lanka que interrumpió el desayuno y la vida de treinta y cinco mil personas. El cuarenta por ciento eran niños. Como en aquella cita de Boccaccio en el *Decamerón*, aquella mañana miles de personas desayunaron plácidamente con sus amigos y familiares, y pocas horas más tarde, caída la noche, cenaron con sus ancestros en el otro mundo.

Aquel día Sonali Deraniyagala trataba de escapar en un *jeep* con su marido y sus dos hijos. En la vorágine de la huida ni siquiera se planteó llamar a la puerta de la habitación donde estaban sus padres, simplemente cogió a sus dos hijos y corrió desde algo desconocido hasta ese otro algo también desconocido. En el imaginario de todos aquellos que no hemos vivido un tsunami, irrumpen olas gigantescas como montañas de agua sobre la tierra, pero Sonali cuenta que durante esa huida el *jeep* no fue revolcado de repente por un golpe de agua, sino que de manera paulatina comenzó a inundarse desde abajo, como si el agua, en lugar de provenir del mar, brotara a la superficie desde el interior de la tierra. Tal como lo cuenta Sonali, lo imagino más como un diluvio de dimensiones apocalípticas que como un tsunami, pero el agua corría en sentido inverso: desde la tierra hacia el cielo. Tal vez por eso he escrito antes que en mi parto los gritos no querían salir hacia el cielo, nunca hacia el cielo, y yo dirigía mis fuerzas, mis bramidos, a mi vagina, como un centro de gravedad, para que toda mi energía se mantuviera ahí, en el túnel de tránsito entre yo y un exterior de vida a mi nivel terrestre. No hacia el cielo. No ese recorrido que hicieron los más de treinta y cinco mil muertos en Sri Lanka.

Aquel domingo Sonali perdió a sus dos hijos de cinco y siete años, a su marido, a su madre, a su padre y a su mejor amiga. Pero la imagen a la que me he referido más arriba y que se acerca a una descripción de mi parto es esta: el hombre que la rescató de las aguas dijo que nunca –ni siquiera en el desconcierto que vivió durante ese día y los días posteriores– había visto una escena tan extraña como la de Sonali cuando la encontró; desnuda y toda cubierta de barro, no buscaba a sus hijos, no pedía auxilio, sólo daba vueltas sobre sí misma, como ese juego en que los niños giran y giran hasta marearse para caer al suelo. Ni el hombre ni Sonali entendieron nunca qué estaba haciendo. Sonali había visto interrumpida su cadena de ADN para siempre, los últimos eslabones, sueltos y perdidos en el fango, abandonados desde el pasado –la muerte de sus padres– hasta el futuro –la muerte de sus hijos–. Sin ayer. Sin mañana. Sólo una peonza que da vueltas sobre sí misma. En mi caso, una peonza cuyo centro de gravedad y plomo residía en mi vagina, para que mi niña no se fuera al cielo, al aire, a las brisas de la nada. Tal vez es eso lo único que podré hacer si no logra sobrevivir. Dar vueltas sobre mí misma hasta que mis tripas se mezclen en un centrifugado que me matará, porque yo querré que me mate.[1]

***

Antes de entrar aquí, estaba terminando un libro, cuyas últimas páginas leí en la playa donde me sentía dichosa, pocas horas antes de entrar en este hospital. Me remiten a esa idea, en realidad ficticia o subjetiva, de quedarse sin ADN pasado ni futuro. El libro se titula *El alma de los pulpos*, de Sy Montgomery. Recuerdo unas palabras que me resultaron tremendamente explicativas con sólo una breve imagen. En realidad, pertenecen al biólogo evolutivo Richard Dawkins, y las tengo anotadas en mi teléfono, donde suelo anotar todo aquello que me llama la atención. Con esto, de paso, dejo justificado el hecho de poder trasladar aquí, desde el hospital, palabras o párrafos literales: todo está en una tarjeta de memoria. Esta escritura es una escritura del momento, puedo esmerarme más o menos en buscar la forma, porque no lo puedo evitar, aunque en este caso la forma dependa de mis fuerzas, pero el contenido es inmediato, no existe algo como voy a buscar algo que apoye lo que escribo. Sólo importa la supervivencia, no tengo tiempo de indagar, sólo de recordar y desear. En cualquier caso, la imagen de Dawkins a la que me refiero: "Estás de pie junto a tu madre, cogida de su mano. Ella coge la mano de su madre, que a su vez coge la mano de su madre… Al final, la línea se extiende a lo largo de quinientos kilómetros y se remonta a cinco millones de años atrás, y la mano que estrecha el antepasado parece la de un chimpancé".[2]

Esto quiere decir que esa madre de hace cinco millones de años habría parido a dos hijos: a un chimpancé, y a mí. Quiero pensar que tengo dos madres: una desgarbada, cubierta de pelo y fallecida, y otra que sigue viva y llaman "mujer".

***

Cuando se aplacaron todos los chirridos de las máquinas que se deslizaban por el suelo, las voces, las alarmas de los monitores, las carreras del personal médico durante mi parto; cuando me pareció oír el leve llanto de gatito y luego nada, pensé que se habían llevado a mi niña a otro lugar, y que todos habían ido tras ella en procesión silenciosa. En medio del delirio y la debilidad me vino a la cabeza una tarde de cuando tendría unos doce años. Era Semana Santa en Sevilla, una amiga y yo nos encontramos de repente envueltas en la multitud que seguía a la procesión de la Hermandad del Silencio. Había cientos de personas, pero no se escuchaba un alma. Más allá de las creencias, aquello era siempre sobrecogedor. ¿Cómo podía haber tanta gente, incluidos niños, de acuerdo en el silencio? Y, de repente, desde un balcón, una mujer lo rasgó desde las entrañas con el canto de una saeta. Así hice yo cuando pensé que me habían dejado sola y se habían llevado a mi niña a no sé dónde sin decirme si estaba viva, o muerta, o en algún lugar intermedio. Lancé un grito como un lamento o una petición de misericordia a la multitud. Miré a la izquierda, y, al contrario de lo que yo había supuesto, me di cuenta de que sí había ruidos, sonidos, que todos estaban allí, que por alguna razón era yo la que por unos momentos había perdido mi capacidad auditiva, o tal vez el conocimiento. Y, sobre una camilla, mi hija, aún borrosa, y peor: quieta.

"No presenta actividad cardíaca", escuché varias veces, o tal vez fue un eco de la única vez que lo dijeron. Y lo vi, vi cómo se lleva a cabo el proceso de reanimación cardiopulmonar en un cuerpo demasiado pequeño para una mano adulta. Lo pensé, y no sé cómo pude pensarlo, pero se me vino la imagen de un corazón de conejo. El corazón de mi hija no podía ser mucho más grande.

Un médico hacía compresiones torácicas sobre su esternón. Pero lo hacía sólo con dos dedos. Era tan pequeña que sólo admitía dos dedos. Aun así me parecía que presionaba demasiado su pecho. Alcancé a entrever lo que debía de ser la cara, que estaba totalmente cubierta por una máscara, un respirador para bombear oxígeno a sus pulmones; pero en aquel momento ni siquiera sabía lo que era, sólo sabía que no podía verle el rostro, y apenas el cuerpo y, aun así, todo lo que veía de ella era demasiado terrible para poder soportar más.

Pero funcionó. Su corazón se reinició. A través de los monitores, la sala se colmó con el sonido de sus latidos.

Canté mi saeta en un Viernes Santo, cuando se conmemora una crucifixión y una muerte, y me encontré, en pocos segundos, en un Domingo de Resurrección.

***

Pensé: Lo sabía; y es que viví todo el embarazo con la certeza de que algo terrible iba a pasar. En principio, no tenía motivos, todo parecía ir bien, hasta que accedí a que mi madre viniera a Nueva York y se quedara en mi casa para acompañarme durante las semanas previas al parto. Ahí supe que me equivocaba, pero no fue una equivocación cualquiera, sino un lanzar los dados al aire para jugarme la suerte de la vida de mi hija, y todo por regalarme a mí misma la oportunidad de una posible reconciliación con mi madre. O tal vez, como dice Sy Montgomery de sí misma, simplemente soy una de esas personas que siente cierta simpatía por los monstruos. La clave se encuentra, dice, en aprender a pensar como uno de ellos. Entonces, todo cobra sentido.

¿Soy un monstruo? O tal vez fui excesivamente ingenua al arriesgar la vida de mi hija y en efecto la arriesgué a pesar de que, ya antes de quedarme embarazada, ser madre significaba para mí algo muy particular, desvinculado de muchos de los motivos que llevan a una mujer a tomar esa decisión (razones biológicas, sociales, voluntarias, circunstanciales…). Para mí ser madre era una forma de dejar de dar explicaciones, una forma de insumisión. Hacer un ser humano –creía en esos momentos– es un acto creativo que me daría autonomía, independencia del resto de personas que, como naciones absolutistas, centralizaban la dirección de mis pensamientos y acciones. Poner en el mundo una vida que yo había construido átomo a átomo era para mí un recurso para recuperar la fuerza que poco a poco me habían ido drenando desde la infancia, principalmente mi familia. Ser madre era mi respuesta adulta a la acusación de mi propia madre cuando era pequeña: "No sirves para nada".

***

Como dicen que los tres primeros meses de embarazo son los más críticos, y como ya había sufrido dos abortos, decidí pasarlos en cama. Sabía que el ejercicio moderado es beneficioso, sabía que el reposo absoluto es, de hecho, muy perjudicial, pero el miedo me tenía paralizada. Un día, sentí un dolor muy particular en una parte del glúteo. Me miré al espejo y no vi nada. Me resultó extraño que no hubiera indicios de las causas del dolor porque se trataba de una molestia muy profunda, quiero decir "profunda" de manera literal, porque era como si se iniciara algunos centímetros por debajo de mi piel y se prolongara hasta el hueso de la cadera. Tal vez por eso no había marcas, porque era algo aún alejado de la superficie. Pero no tardó demasiado en hacerse evidente también a la vista: a los pocos días volví a mirarme y ahí estaba, una úlcera morada provocada por todo el tiempo que permanecía acostada, casi las veinticuatro horas del día. Por prescripción propia, por la parálisis de un terror que en aquel momento no se sustentaba en ningún tipo de evidencia médica. Sabía que eran úlceras decúbito, también llamadas "úlceras de presión" o "escaras", porque las había visto en la piel de mi bisabuela durante su último año de vida. En ese momento sentí lástima de mí misma, hasta dónde había sido capaz de llegar mi parálisis voluntaria, por mi miedo: hasta la úlcera en mi piel, justo en el lado izquierdo, que era el lado que te recomiendan para dormir cuando estás embarazada. Eso dicen, que en el lado derecho está la vena más grande del cuerpo, la vena cava, y que es conveniente evitar la presión sobre ella para que la placenta reciba mayor irrigación de la sangre y el feto mayor cantidad de oxígeno y nutrientes. Así que yo vivía sobre mi lado izquierdo, al pie de la letra, veinticuatro horas mirando hacia la misma ventana. Al lado de esa ventana, un cuadro, y al lado del cuadro, otra ventana. Eso había en la pared frente a mi lado izquierdo. Ese fue mi único paisaje durante casi cuatro meses, modificado sólo por la luz cambiante del paso de las horas a través del día.

***

Aproximadamente, uno de cada tres embarazos, termina en un aborto espontáneo antes de las 12 semanas. Algunas mujeres ni siquiera nos damos cuenta de que hemos tenido un aborto, pues si ocurre durante los primeros días, podemos confundirlo con una regla un poco más abundante o dolorosa. Una hipótesis que trata de explicar este alto porcentaje de abortos naturales es que son ensayos del cuerpo, el organismo preparándose para llevar a término y de la manera más efectiva posible el embarazo que sí culminará con un bebé nacido con vida. Esto significa para mí también otra cosa: antes de mi último embarazo, tuve otras dos oportunidades para alejar a mi madre de mí mientras estaba gestando una vida que deseaba tanto. Y no lo hice.

Día dos, mi teléfono, decido escribirte. Te escribo con un solo dedo. Por si vives. Tengo vías intravenosas en ambas manos. Estoy conectada a lugares y cifras que desconozco. No sé dónde empiezo y dónde acabo. Mi vida está en el cableado de los médicos que defienden mi supervivencia. Pero lo poco de persona que en apariencia conservo tiene aún una cabeza que funciona y les ordena a mis dedos que te escriban, porque quién te hablará de mí si soy yo la que no sobrevivo. Me produce terror pensar que crezcas sin saber qué pasó, o con la historia a la fuerza distorsionada que alguien te contaría.

Respecto al pasado, en el altillo de la casa de tu abuela hay una caja de cartón con un estampado de flores. Dentro hay un diario que escribí durante muchos años. Ahí encontrarás bastante de mí, tantas cosas que ahora no tengo tiempo de contarte. El tiempo apremia. También hay fotos, me encantaría que las guardaras siempre contigo. Créeme: las fotos que muestran el paso del tiempo por los rostros de las personas de las que venimos son importantes, son mapas que indican la salida del laberinto desde el punto obligado donde nos echaron a gatear, hasta el punto de fuga que nosotros mismos, y en mayor o menor medida, decidimos como seres autónomos. Cuando mi madre era alegre y despreocupada, cuando era cariñosa y aún me veía, yo aprendía a caminar por entre los muros floridos del laberinto, vivir era un juego y mi madre me parecía hermosísima. Cuando decidió olvidar que era madre, que yo existía, a una edad muy temprana, cogió el mapa del laberinto conmigo dentro e hizo una bola con él. A ella empezaron a salirle arrugas rápidas y profundas. Se volvió fea. Yo me quedé agazapada en los muros verdes comprimidos, y sólo cuando me empezaste a engordar la panza, la mayor contundencia de mi cuerpo fue capaz de empezar a romper los pasadizos membranosos del desamor maternal. Mis caderas, mis pechos, mi vientre fueron utensilios de defensa, ruptura y huida; las estrías, constelaciones con la estrella del norte susurrándome la libertad. Sí, mi bebé, eres mi salida del laberinto. Espero que algún día entiendas, cuando tú misma en algún momento te encuentres perdida, cuánto significa que te ayuden a descifrar los senderos hacia la salida. Eso has sido y eres tú para mí, la descodificación de un mundo que ahora amo porque soy capaz de entenderlo.

***

Me doy cuenta, al escribirte, de que no me ha dado tiempo a elegir ninguno de los nombres que tenía para ti. ¿Cómo llamarte mientras te escribo? Primero me presento, aparte de tu "madre", "mamá" o cualquiera de esos nombres con que se nos suele llamar, tengo mi propio nombre: Marina Sonia Perezagua. Falta el segundo apellido, al que he renunciado, porque ¿sabes una cosa?, no entiendo esto de los nombres. Por eso voy a renunciar. Legalmente. Sé que será trabajoso. Imagino que tendré que peregrinar de una oficina a otra y a otra explicando mil veces por qué no lo quiero, que me lo quiten. Me mirarán como a una traidora. Ya conozco esas miradas. Pero así está hecho el mundo. Nacemos, y no hemos abierto ni siquiera los ojos cuando ya han grabado nuestro nombre impuesto en la última losa de mármol. Aunque incluya el apellido de quien, como en mi caso, en nuestro caso, y de alguna manera, nos ha intentado matar. Ni hablar. Yo elegiré todos los nombres de mi tumba. ¿Acaso no seré yo quien estará dentro? Pero como ahora lo importante no soy yo, y no voy a perder tiempo en buscarme un nombre, si alguien leyera esto y ya no tengo voz ni latido, que me llamen "Mamá". Ya está. También yo recurro a este nombre por ser lo más fácil en este momento. Que escriban algo como "Aquí yace Mamá, matada por su madre", y mi fecha de nacimiento y defunción. Es suficiente. Pero, a lo vital: tu nombre. No te lo voy a dar, y no sólo porque no quiero imponerte ahora ni una letra que pese sobre el oxígeno que con tanto esfuerzo te llega a los pulmones, sino porque tengo la sensación de que en estos momentos en que no puedes elegir siquiera la vida, ahora que luchas por encontrar una silueta semejante a la de una bebé recién nacida, quiero darte al menos la ligereza de no atarte a un nombre. Te llamaré "Hija", o "MiNiña", o "MiBebé", cosas así, colectivas, sin carga, sin connotaciones.

Hay algo más, aún eres tan indeterminada que recuerdo las condiciones del pájaro solitario: "La primera, que se va a lo más alto; la segunda, que no sufre compañía, aunque sea de su naturaleza; la tercera, que pone el pico al aire; la cuarta, que no tiene determinado color; la quinta, que canta suavemente".

MiNiña, cumples con todas estas condiciones. Respiras de manera tan débil que asemeja un canto suave. No tienes determinado color. Pájaro solitario. Solitaria. Pero no sola. Eres pájaro amado. Porque tú te llamas MiNiña y yo me llamo TuMamá.

***

Una de las enfermeras ha venido y me ha dicho que, teniendo en cuenta tu peso y edad gestacional, te encuentras estable y el pronóstico podría no ser tan negativo como en un principio anticipaban. Sin embargo, también me ha advertido que durante las primeras cuarenta y ocho horas fuera del útero materno, algunos bebés prematuros vivís lo que las enfermeras llaman una "luna de miel", esto es: parece que estáis bien, que vais a conseguirlo, pero lo que sucede en realidad es que estáis agotando todos los recursos que tenéis para vivir unas cuantas horas más. Luna de miel. Pero ni luna conoces, ni miel, MiNiña, sólo, apenas, unas gotas de amor tembloroso que rezuman de mi piel húmeda, y que te dan la bienvenida al mundo no con protección, sino con el sudor del miedo y de las hormonas enfurecidas contra mí misma.

***

El neonatólogo me ha dicho que los bebés prematuros sois criaturas desconocidas. Que cada uno sois una especie recién descubierta en tanto que todos reaccionáis a los cuidados de maneras muy distintas: muerte inmediata, muerte a las pocas horas, muerte durante el primer año, secuelas leves, moderadas o serias de por vida, o sobrevivir y no tener ningún tipo de secuela. De todas las posibilidades, sólo la última es la realmente deseada, sólo una entre tantas otras alternativas que se ramifican como una raíz de mandrágora bajo tu minúsculo cuerpo, de maneras insospechadas, pero casi todas oscuras. Me dieron el derecho a mantenerte viva por una posibilidad remota de una vida sin dificultades motoras, o neurológicas, o de cualquiera de las decenas de decenas de problemas que puedes sufrir y los médicos me enumeraban como si yo aún pudiera volver atrás. ¿Acaso había otra opción? Y, aunque la hubiera, yo te quiero viva, ya lo he dicho, y los doctores también lo saben:

Viva como sea.
Como una niña.
Como una mancha.
Como una costra.

En mi habitación hay dos camas. Todavía está al lado de mí la mujer que parió mientras yo paría. Al igual que yo, pasó por las contracciones, por el dolor y el esfuerzo de empujar para dar a luz a su bebé, con una diferencia: ella ya sabía que estaba muerto. Las dos nos recuperamos de dolencias distintas, también con una diferencia: ella no parece querer recuperarse. No habla, no llora, no emite ni un ruidito. No come.

Esta mañana escuché que el médico le decía: "Tienes pocas posibilidades de parir a un hijo vivo en el futuro". Se lo dijo como si un hijo vivo pudiera suplantar al muerto. Se lo dijo como si a ella no se le hubiera olvidado lo que es la vida o el futuro o el nombre de cualquier día de la semana. Los médicos deberían aprender en la facultad de Medicina el idioma de las muertas. Pero, en cambio, aprenden inglés.

***

A pesar de lo que el médico le ha dicho a mi compañera de habitación, no puedo evitar pensar que me gustaría que otro hijo, otra hija, me esperara en casa. Esa sería tal vez una razón para tener que seguir viviendo si tuviera que salir de este hospital sola. Me resulta todo tan contradictorio… ¿Por qué necesitar otro hijo que me dé un motivo para vivir si no quiero hacerlo? Creo que es porque, en realidad, las que perdemos un bebé sí queremos seguir viviendo, sólo que no sabemos cómo, y tener otro niño nos ofrece una excusa que en realidad no es tal, pero lo parece porque nos obliga a continuar cuidándole. Entonces pensamos que vivimos porque tenemos que vivir para el otro hijo, pero no es así. No sobrevivimos por altruismo o por amor. Sólo vive quien quiere vivir por y para ella misma.

Cuando era pequeña mi madre me dijo una vez que a veces la gente tiene dos o más hijos por si se le muere uno. Después de mí, ella nunca quiso un segundo hijo, con lo cual yo interpreté que mi madre no necesitaba un niño de repuesto: si la rueda de mi vida se pinchaba, ella seguiría el viaje andando, o en el coche de otro, con la música a todo volumen en una autopista recién construida y de excitante destino. Y, sin embargo, cada vez que pienso en aquel último día de playa, siento que algo se me está escapando, algo que de alguna forma podría disculpar algunos de esos actos que repudio y que me hacen odiarla, despreciarla, y verla fea, muy fea.

***

A mi compañera de habitación, a pesar de que le han dado unas pastillas para evitarlo, le ha subido la leche. Estamos separadas por una cortina que obviamente me permite escuchar todo. Otro médico, distinto al de ayer, le pregunta si quiere donar la leche para los bebés microprematuros del hospital. Yo quiero descorrer la cortina y rogarle que no permita que su leche deje de fluir. Quisiera que se convirtiera en una vaca humana atada a la cama hasta que mi hija tenga la pancita llena de leche materna y pueda salir de este hospital. Pero me callo, no le digo nada, me muerdo la lengua. Creo que hablo inglés, pero de manera autodidacta también aprendí a hablar el idioma de las muertas. Si MiNiña sobrevive, es el primer idioma que le enseñaré, para que aprenda a amar y a ser amada. A la mierda el inglés como primera, segunda o última lengua. Grito por la compasión como idioma oficial.

***

El marido de la señora intenta consolarla como puede. Pero no puede mucho. Ni él ni nadie que no sea ella podrá entenderla en la total profundidad de su dolor. Cuando estas madres salen del hospital nadie hablará de sus bebés que nacieron "dormidos", como las enfermeras se refieren a los niños que nacen muertos. Dormidos. No hay rituales de consuelo para los que no serán alegría de sus madres. Las palabras están reservadas para quienes ganaron la primera batalla: haber nacido vivo. Nadie que no esté en nuestra posición conoce la fuerza que tienen los que se abren paso al mundo luchando contra la muerte. Envidio la buena estrella de los hombres, que no paren hijos muertos, los hombres, que sólo al final de su vida se deshacen, de una vez por todas. Sólo al final de sus vidas saben lo que es estar muriendo. Mi compañera de habitación ha llevado la muerte dentro. Y la mía está en tu incubadora, MiBebé, sin decidirse aún por pisar el mundo o recibir, de vez en cuando, flores sobre la tierra.

***

Es casi un tópico que algunas madres digan que el día más feliz de sus vidas fue el del nacimiento de su bebé. Yo no sé si habría sido así con un parto sin complicaciones, pues precisamente ese día fue lo más cerca que he estado de la muerte. Pero como un regalo del cielo –no sé si las sobras de un exceso de felicidad de otra mujer o simplemente un guiño bondadoso de la suerte–, sí viví unos instantes que puedo considerar como unos de los más radiantes de mi vida. Fue cuando me metieron en la sala de paritorio. Lo primero que vi al entrar, a la izquierda, fue una cuna. Una cuna semejante sería la que, si todo salía bien, en unos meses anidaría a mi hija. Pero lo que me produjo más alegría es que alguien la había preparado para ella. Una persona desconocida había puesto el colchón con sus sábanas perfectas y seguras, había colocado un cartelito a la cabecera donde aparecería mi nombre junto al de MiNiña, su sexo, su peso y sus dimensiones. Y lo mejor de todo: había un pequeño gorrito con rayas azules y rosas, pero tan bien arreglado que evocaba una delicada figurita de origami. Tal vez todo ello era algo mecánico que parecía perfecto porque quien lo había hecho llevaba haciéndolo como un trabajo rutinario durante mucho tiempo, pero lo que yo sentí fue una cuna preparada con amor para darle la bienvenida a MiBebé. No fue el día más feliz de mi vida, pero en ese día de miedo, de careo con la nada, sangre, soledad, sí hubo cabida para esos instantes de felicidad absoluta. Su cuna. Su gorrito de rayas rosas y azules. Para ella. Lo habían preparado para ella. Para MiNiña.

***

Hay palabras que no quiero aprender, por ejemplo: "surfactante". El surfactante es un líquido producido por los pulmones a partir de la semana 26 de gestación. Su función es mantener los alvéolos húmedos para que permanezcan abiertos, porque si estuvieran secos, sus paredes se pegarían y el aire no podría entrar. Si un bebé nace prematuro, es posible que no le haya dado tiempo a producir suficiente cantidad de surfactante. En este caso, los alvéolos colapsan con cada respiración y las células dañadas se acumulan en los conductos bronquiales, lo que dificulta la respiración del bebé y puede llevar a una disminución crítica de los niveles de oxígeno. El bebé tiene que hacer cada vez más esfuerzo para lograr inflar las vías respiratorias, hasta que finalmente se cansa y muere. Muerte por agotamiento.

Google: escribo “surfactante”, y me entero de algo más. Hasta hace poco tiempo, la única manera de conseguirlo era a través de trabajadores especializados que lo extraían de los pulmones de ciertos animales en los mataderos. Hoy, creo, es sintético, aunque no estoy muy segura de que lo sea en todos los hospitales.

Con la información que encuentro en internet, empiezo a imaginar: una escena que se desarrolla en un matadero a principios del siglo XX, cuando el conocimiento sobre el surfactante era limitado y la única forma conocida de obtenerlo era a través de la extracción de los pulmones de mamíferos que acababan de morir. Un señor raro y pequeñito (no sé cómo describirlo mejor, en mi mente es sólo una silueta mini con una psique enferma) entra en una de las salas del matadero, sombría, maloliente y con una actividad frenética de matanzas. El señor raro y pequeñito se dirige a una sala más pequeña, donde realizará la extracción del líquido pulmonar. En la sala hay cerdos y vacas colgados de enormes ganchos oxidados, animales cuya composición del surfactante es similar a la humana. El señor presiona un botón que empieza a parpadear con una luz naranja y que hace que los cuerpos comiencen a deslizarse frente a él como las ropas ya planchadas y en perchas se deslizan en una tintorería. En un momento dado, detiene el desfile. La luz del botón se apaga. Elige un animal, por alguna razón. El proceso comienza con la limpieza minuciosa de sus pulmones para eliminar cualquier residuo o impureza. Luego, los coloca en una máquina especial diseñada para extraer el líquido de los tejidos pulmonares. La máquina aplica presión (escucho el ruido) y movimientos suaves para exprimir el surfactante de los pulmones de manera controlada y precisa. Una vez que el hombrecito ha obtenido el líquido, lo recolecta y lo somete a un proceso de filtración y purificación para asegurarse de que esté libre de cualquier contaminante o material no deseado, mediante la utilización de diferentes técnicas y dispositivos que garantizan la calidad y la esterilidad del surfactante extraído. Finalmente, el mismo señor, que por alguna razón en mi fantasía lleva a cabo él solo la totalidad del proceso, envasa cuidadosamente el líquido en frascos estériles, listo para ser utilizado en los tétricos hospitales de aquella época.

***

Aunque aún no debo levantarme, esta mañana ha venido una enfermera y me ha dicho que en un par de horas vendrán con una silla de ruedas para llevarme a ver a MiNiña y que pueda hacerle algunas fotos. No he sabido qué responder. Habría entendido que el motivo de la visita fuera el más importante para mí en este momento: verla. En cambio, me estaban proponiendo algo en lo que no había pensado, y en ese momento caí en la cuenta: no creen que vaya a sobrevivir mucho más tiempo y me están ofreciendo la oportunidad de tener un recuerdo de ella, ahora que todavía vive.

***

Mi compañera de habitación ha accedido a ver a su hijo. Escucho. Van a transportarla a una sala a la que se refieren como "habitación del duelo", donde habrá algo que llaman "cuna de abrazos", que consiste en una cuna portátil en la que se coloca una especie de colcha conectada a una unidad de refrigeración, de manera que los cambios visibles de la muerte pueden demorarse, para darles tiempo a los padres a despedirse de su bebé. La enfermera le dice que puede pasar con su hijo algunas horas o incluso un par de días, y una matrona le aconseja que llame a otros familiares, que abracen a su hijo, que le hagan fotos con ropas diferentes, que tomen un mechón de cabello o una impresión de sus pies y manos, en un papel especial que el hospital les puede proporcionar.

Así que me voy a quedar aún más sola en esta habitación. Mientras una incubadora trata de mantener a mi hija calentita, mi compañera sólo podrá pasar tiempo con su hijo gracias a una cuna frigorífica. No quiero pensar que ese frío sea una delgada línea gaseosa que podría separar mi momento presente de un futuro próximo en el que también me entreguen a MiBebé en sábanas glaciales. A veces el dolor llega a ser tan insoportable que pienso: Da igual, si se va no dolerá porque no la dejaré sola. Si se va, yo me iré con ella y la acompañaré en todo momento del tránsito.

***

Ser madre no significa estar dispuesta a dar la vida por tu hijo, como tantas veces asegura el cliché. Son esas frases que se repiten y pasan de generación en generación sin pensar o, peor, pensando. Para mí, ser madre es más bien tener que dar la vida por tu hijo, aunque quieras vivir. Es una tragedia, algo que no se puede modificar, no siento que dependa tanto del amor (aunque sin duda sí en gran parte) como de otro sentimiento que no podemos controlar ni tiene siquiera nombre. Temo a la muerte desde que entendí el concepto de la nada, siempre he pensado que haría lo que fuera por sobrevivir y que no daría la vida por nadie. Ahora estos pensamientos son los mismos, temo a la muerte de la misma manera, y, sin embargo, si tuviera que donarle a mi hija el corazón o lanzarme delante de un coche para salvarla, lo haría sin pensar. Tal vez me arrepentiría desde la muerte si eso fuera posible, pero lo haría de todos modos. No sé qué nombre tiene esta incongruencia. ¿Instinto evolutivo?, ¿mera programación reproductiva?

Ser madre es algo que no se entiende si no tienes hijos.

Ser madre es algo que no se entiende si tienes hijos.

Ser madre sólo se entiende cuando estás perdiendo a uno.

***

Esperaba ansiosa esas horas que me quedaban para que me llevaran a la NICU, la Unidad de Cuidados Intensivos Neonatales, y pudiera verla. La sorpresa fue que quien entró en la habitación empujando la silla de ruedas y con una sonrisa de aquí no ha pasado nada fue mi madre. Sólo le pregunté: "¿La has visto?". Ella respondió: "Sí, la he visto, es muy bonita".

Mi madre empujaba mi silla de ruedas por el pasillo, y en todo ese trayecto no se le ocurrió que pudiera ser de alguna ayuda para mí anticiparme algunos detalles que pudieran prepararme para lo que estaba a punto de ver. Fue un paseo silencioso. No esperaba a mi madre, y pensé que las cosas siempre pueden ser peores. Recordé este diálogo entre Mimi y Oscar en la película *Lunas de hiel*:

> –Tengo una mala noticia y una buena. Tienes parálisis permanente de cintura para abajo.

–¡Qué bien! Ahora, ¿cuál es la buena?

–La buena era esa. La mala es que, a partir de ahora, yo voy a cuidar de ti.

***

Cuando entré en la NICU, una enfermera me apretó con una presión de cariño el hombro y me señaló la incubadora, que estaba casi en el centro de la sala. Sobre ella, había una luz violeta muy intensa.

El ambiente era silencioso salvo por los sonidos que, ahora sé, indican las constantes vitales de todos los bebés que laten en la sala.

***

Cuando me acercaron a la incubadora, la busqué y no la vi.

La busqué de nuevo en ese pequeño espacio rectangular y acristalado, y ahí estaba.

Eso era ella, MiNiña.

Eso.

Me desmayé.

El tamaño de su cabeza no es mucho mayor al de una bola de adorno de navidad. Su longitud, poco más que un mando a distancia.

Ahora, de vuelta a la habitación y mientras leo los informes que me han entregado, sé que su fémur, el hueso más largo del cuerpo humano, mide 4,5 cm. Con mi dedo pulgar e índice intento simular la medida en el aire para rellenar el espacio con la imaginación de vertebrados conocidos, entonces pienso que hasta los de un pollo son más grandes. El tamaño de su fémur me duele. Me duelen sus huesos.

El médico me había dicho que los bebés microprematuros son criaturas desconocidas, en el sentido de que cada uno reacciona de manera distinta, no hay una fórmula que pueda aplicarse para intentar salvarlos a todos. Es más, al ver a MiNiña, me pareció una criatura desconocida también en cuanto a su aspecto físico: tiene todo el cuerpo cubierto de lanugo, un vello corporal que cubre a los fetos durante el embarazo para protegerlos de infecciones y también para conservar el calor, dado que aún no tienen grasa subcutánea que los proteja. Normalmente este vello se cae y es reabsorbido por el líquido amniótico antes del parto, pero mi hija lo conserva. Además, su piel está muy arrugada, como si hubiera pasado horas en el agua, o más bien como si fuera muy anciana, pero no, mientras lo escribo veo que estas analogías no funcionan, es otro tipo de arruga que tampoco entiendo. En el momento en que la vi, y en este mismo momento, está a medio camino de todo: del pelo y de la calvicie, de las primeras luces y de las últimas, de la celebración y del duelo, del feto humano y del feto simio.

***

Recuerdo otra descripción de ese libro cuyas últimas páginas interrumpieron su llegada, busco las palabras exactas y todo tiene sentido y no lo tiene: es un animal nuevo, o antiguo. En su ser animal existe algún tipo de lógica natural; en su ser humano, sin embargo, no puedo encontrarla:

> No sabía gran cosa de los pulpos, pero lo poco que sabía me intrigaba: es un animal que tiene veneno, como una serpiente, pico, como un loro, y tinta, como una pluma estilográfica. Puede pesar tanto como un hombre y ser tan largo como un coche, y sin embargo es capaz de introducir su ancho e invertebrado cuerpo por una abertura del tamaño de una naranja. Puede cambiar de color y de forma. Puede percibir el sabor de algo con la piel. Y, lo más fascinante de todo: había leído que los pulpos son inteligentes. Esto confirmaba la escasa experiencia que yo ya tenía: al igual que muchas personas que van a ver pulpos en acuarios públicos, a menudo he tenido la sensación de que el pulpo al que estaba observando también me observaba a mí, con un interés tan vivo como el mío.

Y pienso: tal vez los bebés prematuros no sean humanos, tal vez sean una especie que suele morir cuando sale por esa abertura vaginal que se dilata más o menos hasta el tamaño de una naranja. Tal vez mi hija ha cumplido un ciclo vital más corto, como una mariposa o la flor de un día. Tal vez no tengo que estar triste porque ya ha vivido y ahora es viejita, aunque los médicos no lo puedan ver y ni yo siquiera lo pueda creer. Tal vez ella nos observe de algún modo, en la incubadora, preguntándose por qué la hemos metido ahí. Pero no, sé que mi hija es humana y simplemente está haciendo algo que afecta a todas las especies: morir de manera prematura.

Eres tan pequeña como la mano de látex de la doctora. Tan pequeñita que tengo que fijar bien la mirada para poder distinguir cada uno de tus rasgos. Seiscientos cincuenta y dos gramos. El límite de viabilidad. Realmente estás a medio hacer. Tu piel traslúcida deja ver los delicados vasos sanguíneos como si fueran ramificaciones de coral rojo. Tienes los ojos cerrados, no sólo cerrados, sino sellados por una fina membrana. En la frente muestras un moretón, como si te hubieras dado un gran golpe. El ambiente es cálido y húmedo, y en las paredes de la incubadora hay unas pequeñas burbujas que mueren y nacen, mueren y nacen, y que indican que tú, MiBebé, estás respirando. Tienes una máscara que te cubre la boca y la nariz, y una especie de venda en el cuello, y ni siquiera puedo ver por dónde entra el tubo que te proporciona el oxígeno. No sé si es la boca, la nariz o la tráquea. "Está intubada", me dicen. Bien, no entiendo de todos modos. No te entiendo, tu cuerpo, no, no lo entiendo. Tus orejas no tienen forma de oreja y están totalmente adheridas a tu cabeza. Tienes pegados a la piel unos electrodos con forma de corazón. Miro una de tus manos, es sólo algo más grande que el tamaño de mi uña pulgar. Estás muy delgada, la piel te queda grande en los huesos, puedo contar tus respiraciones por el movimiento apresurado de tus costillas, que se señalan como el armazón de un barco en miniatura. Los doctores me han repetido que a esta edad gestacional la falta de grasa te deja más desprotegida ante cualquier infección. Las dimensiones de tu cabeza, aun siendo tan pequeña, resultan desproporcionadas y grandes en relación con tu cuerpo, que aún tira más hacia el feto que hacia un bebé. Sobre ti hay unos paneles que emiten esa luz violeta, me han dicho que su función es ayudar a tu hígado a eliminar la bilirrubina. Tienes una vía intravenosa que te administra la nutrición, está en tu mano, también sobre un pequeño moretón. Si evolucionas bien, en unas semanas podrían cambiártela por una sonda nasogástrica, un tubo que va desde la nariz al estómago, pero ahora mismo tu estómago no soportaría la alimentación por este medio. Una náufraga que, tras veinticinco semanas en el mar, no tolera el peso de la comida en sus tripitas. También tienes una luz roja fijada a un pie mediante una venda. He sabido que es un oxímetro, y como tu piel es tan fina parece que la luz atraviesa el pie y aún le queda fuerza para iluminar una pared del cristal de la incubadora. La propia luz parece tener más materia, mayor consistencia, que tu carne. Me recuerda al dedo de E.T. Mi casa. MiNiña, tu casa está ahora tan lejana como un planeta desconocido, quisiera meterte tapadita en la cesta de mi bicicleta y sobrevolar este hospital hasta llegar a nuestro hogar, y mostrarte la habitación que te tenía preparada. Perdón, quiero decir la habitación que te tengo preparada. Perdón. Perdón. Pero es que eres tan pequeñita que hablar de ti en pasado no es hablar de ti como si ya no estuvieras, es sólo que la longitud de tus pequeños huesos permanece en el pasado. Esta incubadora es como una máquina del tiempo que tendrá que traerte al presente, a tu tamaño de bebé. "¿Y qué es ese otro tubo?", pregunto al médico. "¿Y eso?". "¿Y no estará muy apretado?". Las enfermeras me van explicando toda tu maquinaria, y electrodos, y esparadrapos, y luces, y tiritas, y pequeñas prendas que te cubren, como la orografía que vive en tu pequeño cuerpo de un continente de carne y de sangre que aún no aparece en los mapas.

Empiezo a hacer fotos, pero no sé de qué. El pañal, aun siendo diminuto como un posavasos, te cubre hasta el pecho. No sé a qué estoy haciendo fotos. Es un trozo de mi cuerpo, aún es eso, es yo, eres yo en el peor día de mi vida, eres yo muriendo, y sí, hago fotos de manera casi automática. Son selfis, pienso, selfis que me robo a mí misma sin tu permiso.

***

Te cuesta visiblemente respirar. La enfermera inserta un tubo un poco más grueso que una mina de lápiz en tu tráquea. Con una jeringuilla administra a través del tubo un líquido blanco. Es el surfactante que debe llegar a tus pulmones. Aquel surfactante que hace no tantos años se extraía de los pulmones de los animales en los mataderos.

***

Después de las fotos, me quedo un tiempo indeterminado a tu lado. Me fijo en cada movimiento de tus dedos finos como tallitos de un clavel, la piel como un pétalo atravesado por la luz del sol, moteada de gotas diminutas de humedad, como el rocío del alba. Eres un delicado ecosistema que en cualquier momento podría perder el equilibrio. Me detengo en cada uno de tus rasgos y parece que de algún modo me estás diciendo: Mamá, no estoy lista para estar viva. Mamá, no sé amanecer.

***

Si no leí libros acerca del embarazo, si no asistí a ningún curso, fue porque pensaba que te entendería a través de un conocimiento instintivo y milenario. Sé que no es realmente tan fácil ni siquiera con un bebé nacido a término, pero lo que no sabía es que un bebé prematuro es incomprensible casi del todo. No hay nada en mi cuerpo que me diga cómo tengo que interpretarte. No hay un diccionario materno en mi interior, sino cientos de hojas sueltas salpicadas de jeroglíficos. Las veces que he tenido en mis brazos a un bebé, siempre he sentido un nivel de comunicación, básico, limitado, pero un bostezo es un bostezo, un eructo es un eructo, un suspiro es un suspiro. En cambio, todo esto, en ti, puede ser muchas cosas, algunas positivas, otras no. Ni siquiera los médicos pueden interpretar si algo que parece una sonrisa es simplemente un gesto neutro o algún tipo de dolor que no se sabe de dónde procede. No alcanzo a entenderte, pero al menos me reconforta saber que, en esta sala, ninguna madre entiende a sus hijos, porque cada uno habla un idioma único y distinto del resto. No parece que existan bebés prematuros en general, sino un bebé prematuro, que es un tipo de vida distinta de otro bebé prematuro, y así con todos los bebés del mundo nacidos antes de término. Miles de miles de especies a los que sus madres se mueren por entender antes de que se extingan.

***

Pero tal vez sí hay una manera de entender a MiNiña. Pienso esto al recordar una cena que tuve con unos amigos hace un par de meses. Una de mis amigas, embarazada de 23 semanas, se había comprado un dispositivo intravaginal que permite a la futura madre aproximar a su útero la música con la que desea estimular al feto a partir del cuarto mes de gestación, mes en que se considera que su aparato auditivo está lo suficientemente desarrollado. Mi amiga comentó que desde hacía unos días y sin faltar uno se lo introducía como parte de la rutina de su embarazo: ochocientos gramos de ácido fólico, no cambiar ella la arena de su gata para evitar la toxoplasmosis, buen descanso y tantas otras de esas precauciones que más bien parecen preceptos destinados a proteger al feto de la madre. El caso es que mi amiga contaba que diariamente se tendía en la cama a la hora de la siesta, escogía una pieza de una antología de música clásica y se introducía el pequeño altavoz como si se tratara de un tampón o un vibrador.

Con tremenda curiosidad y quizá algo de intuición le dije que no sabía que le gustara la música clásica, y me respondió que no le gustaba en absoluto, pero que siempre había deseado poder tocar un instrumento y quería facilitarle a su hijo el talento que ella no adquirió debido, tal vez, a que ese aparatito de escolarización prenatal no se había inventado aún.

MiNiña, por probabilidades, no será ningún genio de la música, es más, debido a su nacimiento prematuro, podría suceder que no haya desarrollado su capacidad auditiva. Pero lo que quiero decir es que creo que tal vez comunicarme con ella sea posible a través de mis sensaciones al escuchar una canción, por ejemplo, mucho más que al darle a escuchar esa misma canción. Tal vez ella, que hoy aún debería estar en mi vientre, agradezca una comunicación sensorial, emociones placenteras, a través de mí, emociones internas, porque tal como los médicos me han dicho, su cerebro ni siquiera ha registrado que ya está fuera de mí. Mi cerebro, tampoco. Aún somos la misma cosa. Cada una es el miembro fantasma de la otra. Bebo un vaso de agua fresca que me alivia la garganta angosta, por unos instantes, y siento que también le alivia a ella. Hay estudios que indican que los pulpos son capaces de percibir la luz, tal vez también el color, a través de la piel. La piel de MiNiña está como a la intemperie, es tan fina que parece papel de arroz. Aunque tenga los ojos cerrados, quién me dice que no es capaz de percibir mi presencia de acuerdo con las sombras con que mi silueta le obstruye la claridad.

***

Hoy, la primera enfermera que conocí –tengo que aprenderme los nombres– ha abierto la cubierta de la incubadora y me ha preguntado si quiero tocarte. Ha sido del todo inesperado. No he respondido, pero he pensado: ¿No es demasiado pronto? Ella me ha cogido las manos, me ha desinfectado con cuidado y me ha pedido que simplemente te acaricie con pequeños, mínimos golpecitos, porque una caricia normal podría desprenderte la piel. Creo que no he pronunciado palabra en todo el proceso. Tenía miedo, pero fui directa a poner un dedo sobre tu pecho, sin apenas presión, podía ver perfectamente la forma del corazón, el pequeñísimo músculo que bombeaba por encima del nivel del resto de tu cuerpo. Y, en el centro, mi dedo. Luego te acaricié la cabeza, un poquito ovalada y algo resbaladiza, y pensé en esas palabras de Sy Montgomery que aseguraban que "la dicha de acariciar la cabeza de un pulpo es difícil de transmitir a la mayoría de las personas, incluso a los amantes de los animales". Yo aseguro lo mismo sobre la cabeza de una bebé prematura: nadie puede ni acercarse a imaginar la dicha de acariciarla.

***

Lo que te queda de vida parece tan débil que no me atrevo a moverme cuando estoy a tu lado. No quiero que el ruido de mis pisadas interrumpa tu respiración, que, en algunos breves momentos, consiste en un silbido constante, un silbido que si fuera tocado con un instrumento se correspondería con la nota fa bemol. Por eso, desde por la mañana, preparo todo lo necesario para pasar el resto del día en esta silla, frente a ti, violín de una sola cuerda. No sé si pese a tu estado conservas los ciclos de vigilia y sueño. Por la noche el sonido persiste, aunque ya no es un violín. Es un piano, de una sola tecla.

***

Y luego está lo que no veo: tu cerebro. Es lo que más temen los médicos. El cerebro humano, esa capa que nos distingue de los otros animales, es el último órgano que se desarrolla en un bebé. ¿Podrá terminar de desarrollarse a la intemperie, a las afueras de mi cuerpo desalojado? A veces, sí. La mayoría de las veces, no. Pienso en un vecino del barrio. Tiene dieciocho años y sufre una severa parálisis cerebral. Sus padres, siempre los dos juntos, le pasean cada día en la silla de ruedas. Durante las primeras veces que le vi, solía apartar la vista, hasta que un día no lo hice, y más tarde, otro día en que coincidimos en una terraza y estábamos sentados en mesas cercanas, le pregunté cómo se llamaba. Obviamente sabía que no me iba a responder, pero sus padres lo hicieron por él con todo el orgullo de poder hacerlo, de poder hacer que su hijo respondiera a alguien que se atrevía a mirarle y hasta le hablaba. Así me lo dijeron, que todo el mundo evitaba mirarlos, entablar conversación, y que su hijo Diego no sólo agradecía las pocas palabras que cualquier persona le dedicaba, sino también las caricias. Desde entonces, cada vez que los veía, abrazaba a Diego, y le preguntaba cosas que respondían sus padres mientras él sonreía.

Yo no quiero que la gente aparte la mirada a tu paso. Pero las posibilidades que me mencionan los doctores son muchas, y no hay que anticiparse, me aconsejan. Entonces me explican que el cerebro de un bebé prematuro de 25 semanas se encuentra en una etapa muy temprana de desarrollo. A esta edad gestacional, el cerebro todavía está en proceso de maduración y experimentando un rápido crecimiento. Su tamaño es aún muy pequeño, y es frágil, susceptible a los daños, la más leve falta de oxígeno, o cualquier tipo de sangrado (uno de los posibles factores que más temen en un bebé prematuro) puede ser mortal. Por otra parte, las circunvoluciones y los pliegues característicos del cerebro están presentes, pero no a un nivel tan evolucionado como en un bebé nacido a término, y no se ven. Me muestran una imagen de tu cerebro: parece un pollo en una bandeja de supermercado, sin plumas, resbaladizo, liso, totalmente liso. Me aparto como si fuera a atacarme.

***

Yo siempre me había enamorado de los hombres según su inteligencia, y aquí estoy, TuMadre con una niña que a lo mejor no llegará ni a hablar en su vida. Pero TuMadre hablará por ti. Y TuMadre será feliz si sobrevives. Y Mamá responderá cuando te pregunten por tu nombre.

***

Desde que empecé a fijarme en la ropa de bebés, no soporto los dinosaurios. Antes, estos animales extintos formaban parte de un imaginario colectivo del que yo entraba o salía aleatoriamente, al ver el fósil casi perfecto del *Tyrannosaurus rex* en el Museo de Historia Natural de Nueva York, o el esqueleto del *Diplodocus* en el Naturhistorisches Museum de Viena. O, a veces, algún recuerdo de mi infancia me rescataba el pensamiento de estas criaturas: cuando era pequeña mi primo sólo quería jugar a los dinosaurios. Ya entonces no me fascinaban, pero no tenía problemas en adaptarme por un rato.

Cuando me quedé embarazada, de repente, los dinosaurios volvieron a mi vida, están por todas partes, en la ropa de bebé, en la de niños, como juguetes no sólo no se han extinguido, sino que se multiplican en millones de figuritas de plástico. Hace unos meses, me regalaron un móvil para poner sobre tu cuna, un móvil de dinosaurios. En su lugar, compré uno con animales de hoy: elefantes, jirafas, monos, tigres. De algún modo, se me hacía más divertido pensar que podría imitar para ti los sonidos de animales que un día, tal vez, puedas escuchar. No sé cómo hacían los dinosaurios, sus nombres impronunciables no me parecen los mejores para que aprendas tus primeras palabras. Por otra parte, especialmente en los escasos momentos de relativo optimismo, intento creer que el futuro existe, con las ganas de mostrarte la parte del mundo que nos queda, la intención de descubrirte la fauna que aún se puede ver e incluso acariciar, siquiera con la mirada. Los animales que, a pesar de nosotros, siguen existiendo, tienen un vínculo con nuestro entorno y con el disfrute real de un mundo que me ilusiona compartir contigo. Y, aun así, el mercado infantil e infantiloide insiste: dinosaurios, dinosaurios por todas partes. Una auténtica invasión.

Hoy una de las enfermeras me ha dicho que puedo ponerte algún tipo de juguete sobre la incubadora, y entonces he pensado en el móvil de las jirafas, los elefantes, los tigres, los monos. Pero en un instante el corazón me ha dado un brinco: ¿Y si, en mi caso concreto, en mi desafortunada excepción, los dinosaurios tienen más sentido? El doctor Truong me había dicho que tu cerebro está aún muy liso, porque no ha terminado de desarrollarse esa parte del órgano mamífero que nos configura como humanos y determina funciones como el lenguaje o la memoria. Creo que aún tienes un cerebro reptiliano, un órgano que básicamente es sólo reactivo, que controla funciones inconscientes, como la respiración o el latido del corazón, y también los músculos, aunque en tu caso, a duras penas. Pero es cierto que reaccionas: cuando te inyectan algo o te sacan sangre, tus manos se contraen, o tu frente se arruga. Reaccionas como un lagarto o un cocodrilo.

Hoy te quiero pensar como humana. Algún día estarás lista para que te explique lo que es un elefante, y que los dinosaurios se extinguieron, y que a nosotras no nos interesan porque también hemos estado a punto de la extinción, y no queremos recordar esos tiempos.

***

Aquí no hay tregua. Es importante que se aseguren de que estoy bien informada de las posibilidades que tienes. Me explican que durante esta etapa temprana las células cerebrales, las neuronas, están proliferando rápidamente y estableciendo conexiones entre sí, que no deben interrumpirse. También se están formando las vías neuronales, que son los circuitos de comunicación que permiten la transmisión de señales eléctricas y químicas en el cerebro. Todo ello es vital para que una persona parezca una persona. Esta última frase no me la explicaron así, pero es lo que quisieron decir.

***

El dolor presente es siempre peor que el pasado, porque es el más joven, el que está en edad de crecer. Mi dolor tiene los huesos de adolescente, y se está estirando. Prefiero la incertidumbre. Empiezo a refugiarme en la duda. A veces, la duda duele menos que la esperanza. Pero te miro y todo se vuelve certeza. Tu peso en gramos es una certeza. Tu baja temperatura es una certeza. El termómetro o el oxímetro parecen medidores de muerte. En ocasiones, quiero no saber tanto como me sea posible.

A veces hasta me enfado. Todo en este hospital –en todos los hospitales, pero hasta ahora no había reparado en ello– está conformado de tal manera que el personal sanitario se distinga de los pacientes. Esta distinción se presenta de todas las formas posibles: la indumentaria es distinta; mientras que los médicos o enfermeros se deslizan libres por los pasillos, los pacientes están confinados en sus habitaciones; y además estos últimos son quienes reciben las órdenes, a veces de un modo brusco. En realidad, son prisioneros dentro de una prisión que está dentro de otra prisión: la enfermedad dentro del hospital. En tu caso, este encierro se hace más evidente: la enfermedad dentro de una incubadora, dentro de un hospital. Resuenan en mi cabeza, transmutadas, algunas de las palabras de Segismundo en *La vida es sueño*:

> ¿Qué delito cometí
> contra vosotros naciendo?
> Aunque si nací, ya entiendo
> qué delito he cometido.
> [...]
> ¿No nacieron los demás?
> Pues si los demás nacieron,
> ¿qué privilegios tuvieron
> que yo no gocé jamás?

Contemplo tu encierro. ¿Y qué pecado has cometido?

Nacer.

Sólo nacer.

Y ahora recuerdo. No es que lo hubiera olvidado, pero en mi familia jamás se volvió a hablar de ello. Yo tendría unos seis años cuando ocurrió. Fue en otra playa. La muerte de otra niña, mi prima, de tres años. Recuerdo mucho de aquel día. Fue en una playa de Huelva. Iniciaron controles en la frontera con Portugal por si mi prima había sido raptada. Tal vez esto explique algunas cosas, pero aún no lo sé. La playa.

***

Cuando estaba embarazada un amigo me contó que su madre, que vive en Nigeria, vio una vez a una mujer que se distanció del grupo con el que iba para retirarse detrás de unos matorrales. Salió después de pocos minutos con su recién nacido en brazos. En aquel momento lo creí. Hoy prefiero no creerlo. Ahora prefiero pensar que es uno de esos relatos racistas en los que las mujeres negras son más animales a la hora de parir, y a los diez minutos ya están en pie, como si el tiempo apremiara ante la posibilidad de que un depredador pudiera estar al acecho, o un cazador furtivo. Si yo me hubiera puesto de parto en medio del bosque, o en un avión, ambas habríamos muerto. Una vez tuve un novio que me volvía loca porque pasábamos días enteros en la cama y me llamaba "hembra". Me parecía una palabra horrible teniendo en cuenta todos mis activismos feministas, *masters* politizados, mi doctorado; sí, es una palabra horrible, y encima la acompañaba del posesivo "mi", "mi hembra", y a mí aquello me rechinaba ideológicamente, pero me mojaba hasta el punto de que cuando me iba a penetrar se resbalaba varias veces antes de poder entrar en el canal hiperlubricado. Y él más loco se volvía al notar mis aguas, y lo repetía: "Mi hembra". No me gustaría que me viera así, tal como estoy ahora, despojada de la capacidad de dar vida totalmente sola sin morir. No soy la hembra animal, la hembra-mujer poderosa, la que lo habría logrado aunque hubiera parido sola agarrada al tronco de un árbol, la que hace que la especie prospere sin necesidad de un equipo de no sé cuántos médicos que se coordinan para resucitarla. No soy hembra. No soy negra. No soy lo suficientemente fuerte para sobrevivir sola. Y, sin embargo, todavía me llamo TuMadre. Tú, MiNiña, todavía vives.

***

Quiero pensar que estos días lacerantes y hormonados llenan mi cabeza de pensamientos intrusivos y falsos, pero ahora pienso cosas como estas:

Mi cuerpo no ha sido capaz de llevar a cabo y como es debido sus funciones más primitivas: gestar y parir.

Con mujeres como yo, la especie *Homo* en este planeta se extinguiría.

O tal vez no nos extinguiríamos, tal vez, si tú y muchos otros bebés como tú lograrais sobrevivir, pasaría algo semejante a lo que una vez leí que pasó en una isla de Indonesia en la que encontraron huesos de antiguos humanos que no medían más de un metro de altura, y tenían las cabezas del tamaño de un pomelo. Resulta que esos hombres prehistóricos llegaron a la isla cuando esta aún era parte del continente, y cuando las aguas subieron la comida comenzó a escasear. Sólo pudieron sobrevivir aquellos que necesitaban muy pocas calorías, y sus hijos, y los hijos de los hijos, y los hijos de los hijos de los hijos empezaron a crear una especie de *homo* diminuto. Entonces, si tú y algunos microprematuros como tú pudierais llegar a sobrevivir, tal vez acabaríais creando una raza de humanos pegados a cables y máquinas y con fallo renal y una bolsa para evacuar las heces. Humanos adheridos a monitores con las cifras de vuestras constantes vitales, al igual que hoy andamos arrastrados a los pasos de nuestros jefes, que marcan los dígitos de nuestra economía en tanto que bailemos a su ritmo. La máquina laboral de la que dependemos es un humano impositivo que gestiona la calidad de nuestra nutrición, la composición y frecuencia de nuestros excrementos, nuestro tiempo de ocio, pero al menos esa máquina es lo suficientemente inteligente para mentirnos como si lo hiciera por nuestro bien. Pero yo veo tu máquina, la máquina de MiBebé está aquí, y a veces me parece que su contorno es altivo, como si realmente nuestro destino dependiera de su deseo. No me miente. No parece que esté haciendo nada por mi bien. Ni por mi mal. Tú, MiNiña, eres como un pajarito observado por un gorila que la sostiene en la mano. Puede liberarte o puede aplastarte, es una voluntad arbitraria:

Pito pito gorgorito.
¿Dónde vas tú tan bonito?
A la era verdadera.
Pim pam pum ¡fuera!
(O no).

***

Ningún médico me da garantías, ni siquiera con gestos que mi esperanza infundada pueda interpretar de manera favorable. Son días en que vivo el presente radical de "mi hija sigue latiendo en este preciso segundo", medio kilo de carne que respira con dificultad en un arca transparente a la vista del mundo. Meses antes de tu fecha esperada de nacimiento, yo, TuMamá, y los médicos, ya podemos contemplar cómo se terminan de formar tus órganos, tus uñas, tus diminutas orejas. Siento que todos aquellos que no son yo nunca deberían tener el derecho a asistir al acto de ver cómo MiBebé lucha por terminar de vestirse de ella misma. Tan sólo hace tres días, en la última ecografía, te llamaban "feto". Hoy te llaman "bebé". Bienvenida a este mundo, NiñaMía. Tal vez hace tres días habría pensado de manera distinta, pero hoy te pido: quédate; aunque tu respiración tuviera que depender de mis cuidados cada segundo de tu vida y de la mía. Me cuesta decirlo, me cuesta incluso escucharlo en mi pensamiento, pero, por favor, quédate conmigo, aunque te duelan partes del cuerpo que aún ni siquiera tienes. Aunque algún día me eches en cara el haberte mantenido con vida. Mi egoísmo es atroz y por eso no me importa repetirlo y repetirlo:

Quédate.

Quédate.

Quédate.

***

Está estudiado que la razón y los sentimientos no son dos arcas diferentes que abrimos para tomar una decisión de acuerdo con el cerebro o, como suele decirse, con el corazón. Razón y sentimientos resultan indisociables en la toma de decisiones. No existe algo así como pensar con la cabeza o pensar con el corazón. De hecho, existe una enfermedad –Urbach-Wiethe–[3] en la cual los pacientes presentan calcificaciones en la amígdala cerebral, de cuya correcta función dependen los sentimientos, de manera particular, el miedo. Estos pacientes pueden razonar de manera lógica sin ningún problema, sin embargo, son incapaces de tomar decisiones. Yo pedí que intentaran salvarte la vida, a cualquier precio, asumiendo cualquier terrible secuela. Al contrario de lo que pudiera parecer, fue una decisión tomada por ambos órganos: cerebro y corazón. Esto me hace sentir algo menos culpable. Las posibles secuelas no serán consecuencia de mis sentimientos o impulsos en un instante determinado, sino también de la reflexión, porque así sucede siempre, porque es la manera en que la toma de decisiones está conformada, así es como funciona en el ser humano.

***

Cada día que sobrevives, te ofrece una mínima posibilidad más de salir de aquí viva. Pero hoy es el día seis, y no dejo de pensarlo: aún estamos dentro de ese período fatídico con un nombre trágicamente dulce: la luna de miel, cuando los bebés microprematuros parecéis milagros de fuerza y, de repente, os apagáis.

***

La Unidad de Cuidados Intensivos Neonatales está ubicada en el cuarto piso del hospital. Es importante que me familiarice con ella, me dicen, y me guían, me muestran.

Al entrar, se puede ver una gran sala blanca, iluminada por luces fluorescentes de color glacial que se despliega ante los ojos como un santuario. Desde el interior, un coro de alientos débiles y mecanizados me atrae y me expulsa a la vez. El brillo intenso de aurora boreal resulta mitigado por las paredes y el suelo, cubiertos con un material opaco, resistente y fácil de limpiar, para proteger a los ocupantes de las infecciones.

Hay toda una pared ocupada por un gran panel de control, la llave maestra que controla cada latido de vida en este espacio. Desde ahí, los especialistas monitorean los equipos electrónicos y las pantallas que registran los signos vitales de los bebés.

En el centro de la sala, varias mesas de trabajo de acero inoxidable brillan con el reflejo de las luces. En cada mesa hay instrumentos médicos de precisión, así como un ordenador que muestra las estadísticas y gráficos de los micropacientes. El personal médico se sienta en sillas de plástico ergonómicas, en sus movimientos se unen, a la vez, quietud y alerta, como un depredador que acecha con el lomo arqueado y el pecho a ras de suelo, inmóvil, pero preparado para saltar.

Me advierten que no debo tocar ni abrir nada. Todo en este lugar tiene una función que podría fracasar si se contamina por una mano inexperta. Los armarios de acero inoxidable almacenan suministros médicos y esterilizados. Un rincón de la sala está dedicado a un dispensador de jabón antiséptico, afluente vital contra las infecciones. Es uno de esos dispositivos automáticos que libera una cantidad adecuada de jabón cuando detecta la presencia de una mano debajo de él, pero resulta mucho más grande, más contundente que a los que estamos acostumbrados. Junto a este, el dispensador de toallas de papel desechables.

El lugar del lavado de manos es el rincón más luminoso de la habitación, con varios lavabos que permiten que varias personas se desinfecten al mismo tiempo. Los grifos electrónicos controlan la temperatura del agua y la duración de su flujo.

En una esquina de la sala, se encuentra el área de vestuario del personal médico, equipada con armarios y perchas para guardar la ropa y las pertenencias personales. Me fijo en una taquilla que está abierta, puedo ver todo lo que hay en su interior, y me pregunto si el dueño de esos enseres la dejó así por una emergencia, porque aquí hay algo que parece no haber: descuidos. La puerta hacia la pequeña sala de espera de las familias de los pacientes permanece siempre abierta.

Y todo esto existe para sostener y cuidar la parte principal y viviente de este lugar: las incubadoras con los bebés prematuros se encuentran en una zona adyacente, tranquila. Aunque decir "tranquila" no es del todo positivo. Digamos que la sala está diseñada para ofrecer tranquilidad a las vidas mínimas, pero cuando la tranquilidad tira hacia el silencio, las enfermeras oscurecen de manera visible sus pensamientos. Así me lo dice una de ellas: "Aquí el silencio no indica nada bueno". Desde que he visto los cuerpos sin grasa de estos bebés entiendo que se tema cualquier tipo de adelgazamiento, incluido el del sonido.

Las incubadoras se alinean en filas ordenadas, y que Dios (¿"dios" con minúscula?, ¿qué dios?) me perdone, pero parecen sarcófagos de militares caídos en alguna guerra, con ese orden tan estricto, me producen escalofríos. Me imagino una bandera sobre cada incubadora, las banderas de muchos estados diferentes, los caídos de muchas madres de lugares muy distantes, motivo por el cual algunas de ellas no pueden ni siquiera estar aquí.

Una cortina opaca puede separar las incubadoras de los demás pacientes cuando se necesita privacidad o cuando se realiza una intervención médica delicada. O cuando muere un niño. En cualquier caso, las cortinas tampoco indican nada bueno. Aquí parece que todo va por orden, y que si uno de los bebés contiguos muere, la siguiente en salir de aquí sola será la madre más cercana. Soy una persona ordenada y en cambio aquí tanta organización me parece como tenderle una alfombra roja a la desgracia. Si por mí fuera, cambiaría todo de sitio, y dejaría paso a cierto caos que haga que esta sala se parezca más al mundo que respiramos ahí afuera.

***

El doctor Truong parece ser el más relevante en los cuidados de mi hija. Es un hombre de ascendencia coreana, alto, con una apariencia amable y acogedora, aunque aún no le he visto sonreír. Su cabello es muy negro y espeso, cuidadosamente peinado hacia atrás con un efecto engominado, lo que le brinda un aspecto demasiado pulcro para mi gusto, como si le sobrara el tiempo. También viste de forma impecable, bajo su bata médica blanca se entrevé una camisa de un tono pastel y una corbata que añade un toque de elegancia a su atuendo que, de nuevo, me parece cuidado en exceso. Los zapatos son negros, pulidos, pero al menos parecen muy cómodos.

Hoy el doctor Truong me ha dado una buena noticia, y otra mala. La buena es que las niñas prematuras suelen ser más resistentes que los niños. La mala es que no soy negra. Las niñas afroamericanas tienen una mayor tasa de supervivencia. Otra vez quiero pensar que es un mito tan racista como el de las mujeres africanas que paren solas y en pocos minutos ya están andando. Pero no es un mito, en esta ocasión es ciencia. Son hechos. Estadísticas.

***

Las enfermeras me repiten que los bebés tan prematuros, en el caso de lograr dar un paso hacia adelante, también dais dos hacia atrás. Así funciona. Al parecer no hay bebé prematuro que avance con más pasos de los que retrocede. Pero yo te miro y me pregunto cómo vas a sobrevivir si das siquiera un paso más hacia atrás. Es como ver un renacuajo y pensar que, para lograr su metamorfosis hasta su cuerpo de rana, primero tiene que retroceder a un estado en el que ya estuvo, algo que aún no es ni siquiera renacuajo. Me recuerda a algo que escribí cuando investigaba acerca de las consecuencias de la radiación en los cuerpos de las mujeres tras el lanzamiento de la bomba atómica sobre Hiroshima. Escucha, MiNiña, es algo que me sobrecogió: una mujer embarazada. Su barriga. En lugar de crecer, comenzó a achicarse a partir del sexto mes. Como arrepentido, el vientre deshacía sus pasos desde el feto hasta el esperma, para alcanzar la añorada forma plana previa a la gestación.

***

Una enfermera a quien veo por primera vez, o eso creo, se acerca a mí para explicarme el tipo de incubadora en la que vives. Se trata de una de las más usadas y avanzadas en el llamado primer mundo, y su modelo tiene el nombre de Giraffe Incubator Carestation. Me dice que es una incubadora cerrada, que es la que se utiliza para los bebés que necesitan la máxima protección posible, el máximo aislamiento de gérmenes exteriores, un control estricto de la iluminación y el sonido, así como un registro exhaustivo de la temperatura y la humedad. Es lo más parecido a una atmósfera artificial en un planeta que, de repente, me expulsa, me lanza al aire por una grieta que se abre en su cúpula acristalada, y quedo flotando, en órbita, mirando cómo te construyes sin mis manos. Soy la arquitecta que hizo una casa a medias, y el tejado se me cayó encima, tantos escombros, tantos escombros, ¿dónde está mi hija?

Observo la incubadora con atención mientras la enfermera continúa halagando a la máquina, y de verdad lo agradezco, pero al mismo tiempo pareciera que quiere vendérmela:

Una cama ajustable que se eleva o se inclina para facilitar el acceso al bebé o para ayudar a mantener la posición correcta para la respiración. Esto también permite que las madres que aún están doloridas tras el parto puedan ajustar la altura de la incubadora de manera que puedan ver a su bebé sin lastimarse.

Materiales de alta calidad en las paredes laterales, para permitir una fácil visualización del bebé.

Un colchón calefactado que mantiene al bebé a la temperatura adecuada sin la necesidad de mantas u otros accesorios que puedan asfixiarle.

La temperatura del bebé se controla de forma automática a través de un sensor incorporado en la incubadora. Este sensor también ajusta la temperatura de la cuna térmica para mantener al bebé en los rangos adecuados y garantizar su seguridad y comodidad: entre 36,5 y 37,5 grados Celsius.

Una pantalla táctil permite a los médicos y enfermeros monitorear y ajustar de forma precisa y de manera manual (en caso de que sea necesario) la temperatura, la humedad y otros parámetros importantes.

Un sistema de filtro mantiene el aire dentro de la incubadora limpio y libre de contaminantes, lo que es esencial para prevenir infecciones.

Un sensor mide la cantidad de oxígeno en la incubadora y proporciona información importante al personal médico para asegurar que el bebé reciba la cantidad correcta.

La enfermera señala el monitor en la parte superior de la incubadora: muestra la frecuencia cardíaca y respiratoria, tu presión arterial y la saturación de oxígeno.

Un sistema de soporte respiratorio con funciones de ventilación mecánica y CPAP ayuda al bebé a respirar en caso de problemas respiratorios.

Sistema de iluminación led ajustable. También hay puertos y entradas para permitir el acceso al cuerpo a la hora de realizar procedimientos médicos, como la administración de medicamentos y la toma de muestras de sangre. Me quedo con esta última frase: ¿Sangre? ¿Extraerle sangre? Pero ¿cuánta? ¡La sangre que circula por el cuerpo de MiNiña cabe en un par de cucharas!

***

El color de la sangre de mi hija me extraña: rojo. Eso la iguala un poco más a lo humano. El hierro, la hemoglobina, transporta su oxígeno. La sangre del pulpo es azul porque, en lugar del hierro, es el cobre el transmisor de su oxígeno. El hierro nos une. Tal vez ya hayamos llegado a la última edad de los metales:

Edad del Cobre (hacia el 5000 a. C.).

Edad del Bronce (hacia el 3000 a. C.).

Edad del Hierro (hacia el 2000 a. C.).

¿Ya estamos aquí? ¿Significa eso que el próximo paso es entrar en la Edad de la Historia, y de tu existencia en el devenir de esa historia que comienza con la escritura? Sé que no es cierto, sé que escribirte no sirve de nada, pero quiero pensarlo: escribirte es hacerte, traerte desde edades remotas hasta el día de hoy. Escribirte es situarte en la historia, confirmar tu silueta en el vaho que deja tu aliento en el espejo. Entonces, ¿qué pasó con la otra historia de la otra playa, cuando mi prima murió? Esa historia acallada, silenciada por la familia debido al dolor y la culpa. ¿Dónde murió mi prima y cuándo empezamos a dejar de hablar de lo que pasó?, ¿en la Edad del Cobre?, ¿acaso era su sangre azul?, ¿por qué mi prima no parece formar parte de la historia familiar?

***

Hace muchos años, recién llegada a Nueva York, alguien llamó a la puerta de mi apartamento. Al abrir me encontré con un señor enorme que, con un atuendo de entre obrero y cazafantasmas, se presentó así: "Soy el exterminador". Yo apenas hablaba inglés y sentí un escalofrío antes de que una de mis compañeras de piso le invitara a pasar de la manera más natural. Cuando el exterminador se fue, mi compañera me explicó que venía una vez cada dos semanas para controlar cualquier tipo de plaga, desde cucarachas hasta ratas. Mi madre estaba de visita, no por mí, sino por el Empire State y todas esas atracciones, los musicales de Broadway, las luces, no sé, tampoco importa.

El caso es que, a los pocos días, mientras estaba leyendo, oí un sonido seco detrás del sillón: clack. Al mirar vi a un ratón en una trampa, el cuello roto y la parte inferior de su cuerpo agotando las últimas convulsiones. No lo esperaba. No me gustó la sorpresa, y aún no sabía que había sorpresas repartidas por toda la casa. Días más tarde, cuando estaba cocinando, vi al lado del frigorífico otro ratón, esta vez vivo, atrapado en una trampa de pegamento. Cuando mi madre me pilló despegándole las patas de la trampa con su quitaesmalte de acetona pura, me dijo que era la última vez que usaba su quitaesmalte para esa tarea. Tras una hora de trabajo minucioso, el ratón salió corriendo. Era eso o tirarlo a la basura vivo, o, peor, encontrarlo como más tarde llegué a encontrar otros ratones: arrastrándose en un charco de sangre tras haberse roído sus propias extremidades en el intento de huir.

Aquella vez salvé a un ordinario ratón. También he rescatado a otros muchos animales a lo largo de mi vida. Pero, de todos ellos, tu vida, que late en la incubadora que acaricio cuanto puedo, es la más desvalida que he visto jamás. Más que aquel gatito que tenía la barriguita hinchada por los gusanos. Más que aquel corderito que iban a sacrificar antes de que yo saliera corriendo con él cuando era niña, y que al final degollaron. Más que la perrita que mi abuelo y yo sacamos de entre las ruedas de un camión y sobrevivió para ser mi perra de la infancia, aunque con sólo tres patas.

***

No me parece que te estés muriendo, tampoco me parece que estés viviendo. Más bien parece que estás extinguiéndote. Morir es fácil, extinguirse es difícil. A mí me ha tocado ser testigo de lo más difícil. El animal que se está extinguiendo sigue vivo, pero al mismo tiempo es la muerte radical, en su deceso porta el fin de toda su especie. Eres como una de las dos últimas rinocerontes blancas que quedan en el mundo, madre e hija. Me gustaría protegerte desde dentro de la incubadora. Me pregunto por qué no existen incubadoras en las que quepan las madres, y sé que, puesto que no existen, mi pregunta no tiene sentido, pero los hilos de ese pensamiento siguen en sus divagaciones seguramente absurdas: ¿no podrían haberte dejado conectada a mí mediante el cordón umbilical y meternos a ambas en esta urna de cristal? Así yo podría seguir alimentándote de la manera en que debes ser alimentada, seguiríamos estando unidas, te daría calor, comunicación desde el contacto corporal. Entonces toda esta cristalera sería el útero, pero yo aún podría seguir cumpliendo con las funciones vitales de la placenta, para ti. Y, en cambio, ¿qué función tengo ahora? Hasta hace apenas seis días no podías sobrevivir sin mí. Hoy sí puedes. ¿Sí puedes?

***

Cada dos horas observo la rutina vital en tus cuidados por parte de las enfermeras:

Levantar la tapa de la incubadora, dejando al descubierto ese mundo en miniatura.

Cambiarte el pañal con el mayor cuidado, depositando el anterior en una bandeja para analizar posteriormente los fluidos.

Tomarte la temperatura. Cualquier variación merece un seguimiento cada veinte minutos.

Verificar el ajuste de tu máscara de oxígeno, su correcta colocación, asegurarse de que esté sellada de manera adecuada para proporcionar el soporte respiratorio necesario. Ajustar con cuidado las correas para garantizar tanto comodidad como eficacia.

Revisar cada centímetro de tu piel en busca de desgarros, lesiones, roces.

Cambiarte de posición para que las placas óseas del cráneo, todavía no cerradas, no se aplanen o deformen. El material de tu cabeza aún es como de arcilla húmeda, maleable.

Finalmente, la enfermera extrae una muestra del contenido de tu estómago para analizarlo. Lo hace con una jeringuilla, a través de la misma sonda de alimentación. Según los resultados, se va ajustando tu nutrición.

***

En esta sala hay madres que sostienen a su bebé en sus brazos una única vez: para darles calor, cuerpo, amor, mientras mueren. Y así se quedan horas con su bebé que ya no respira. Le hablan, le cantan, le hacen la promesa de que siempre estarán a su lado, que nunca le olvidarán, le cuentan historias de su familia, o de sus mascotas, le describen la habitación que le habían preparado, su cuna, sus pijamas, sus peluches. Y sé que esas madres llegarán a casa y querrán morir, pero en ese momento, en estos momentos, todo lo que veo es a una madre que ama a su hija, a su hijo, y que le cuida y le canta como una madre cualquiera. Si no lo supiera, pensaría que el bebé es un bebé sano. No veo la tristeza, el desaliento, los pensamientos de suicidio que esperan en la casa vacía. Es un momento hermoso y terrible porque es verdadero. Y en ese momento, en ese precioso momento, los niños muertos están vivos.

***

Una de las enfermeras me ha dicho que cuando ella comenzó a trabajar con bebés microprematuros sólo aquellos que habían nacido con más de mil gramos se contabilizaban como fallecidos. Los demás, aquel que pesaba ochocientos gramos, o novecientos cincuenta gramos, aunque vivieran durante días, pasaban a los registros como abortos. En el mejor de los casos, algunas enfermeras, de acuerdo con los padres y de manera clandestina, ofrecían introducir al pequeño bebé en el féretro de una persona adulta, de manera que pudiera obtener sepultura y, de algún modo, estar acompañado. Si este límite de los ochocientos gramos siguiera aplicándose hoy, algunas de las madres que estamos aquí ni siquiera tendríamos el derecho a un certificado de defunción. Nunca hasta ahora les había dado una importancia positiva a estos certificados. Siempre tienen una resonancia triste, salvo cuando es importante, vital, necesario saber y que otros sepan que tu hija estuvo en el mundo, que nació viva, que respiró, que se alimentó, que luchó, que lo intentó. Eso no puede ser un aborto.

Mi prima está enterrada en un cementerio de Sevilla. Mi tía Carmen, que ahora ha vuelto a esta ciudad para pasar sus últimos años, la recuerda más que nunca. En realidad, creo que esto que acabo de escribir no es cierto. No creo que haya pasado para ella un día sin pensar en su hija. Más bien quiero decir que ahora empieza a nombrarla, y que comparte algunos detalles muy específicos cuando vuelve de visitar su sepultura. Comprendo aún mejor la importancia de tener a la carne de tu carne contenida, en un espacio, en un lugar que conoces, aunque sea aquel donde echaste a volar las cenizas, y en el que también tú podrás descansar. En la inclemencia de la tragedia, al menos hay una brizna que auxilió a mi tía: el cuerpo de mi prima apareció. La importancia de una sepultura excede la magnitud del olvido, y al mismo tiempo, te permite vivir atesorando el recuerdo y no enrocarte como un pez ciego en la futilidad de la búsqueda.

***

Uno de los requisitos que requiere la Iglesia para aprobar un milagro es que sea inexplicable científicamente.

Hace cinco años, en un hospital de San Diego, tuvieron que realizar una cesárea de emergencia a una madre que suplicaba a los médicos que esperaran:

"Sólo tiene 23 semanas, no va a sobrevivir". Pero si no practicaban la cesárea, ambas, madre e hija, morirían. Así nació la bebé registrada como la más pequeña del mundo. Su peso: doscientos cuarenta y cinco gramos, el peso de una manzana. Los médicos le dijeron a su madre que su hija no viviría más de una hora. Esa hora se dilató en más horas, días, semanas, hasta cinco meses, cuando le dieron el alta en muy buenas condiciones. Cuando le preguntaron a una de las enfermeras cómo pudo suceder esta supervivencia, ella respondió: "Es un milagro. Lo aseguro". Lo que voy a decir va en contra de mi agnosticismo, pero yo no creo que una madre pueda salir de aquí con su bebé vivo sin creer profundamente en los milagros. Cada día que veo amanecer a mi hija, mi fe se vuelve una cuestión palpable. No es una fe ciega, es una fe del que quiere y puede meter el dedo en la llaga para creer. Habrá quien diga que esto no es fe. Da igual, pero sí es un milagro. O tal vez, tal como Sy Montgomery escribe: "Una vez que se encuentra la manera adecuada de trabajar con un animal, ya sea un pulpo o una anaconda, juntos pueden lograr lo que incluso san Francisco podría haber considerado un milagro". Tal vez el milagro consiste en la simbiosis entre unas células que quieren vivir y otras que las ayudan.

***

Día siete. Tardaré más tiempo en tenerla en mis brazos: hoy ha mostrado mayores dificultades para respirar y le han puesto un ventilador de alta frecuencia, más invasivo. Este aparato le mantiene los alvéolos abiertos con una presión constante, pero le han metido un tubo horrible en la boca, un "tubo endotraqueal" –me explican, como si eso lo hiciera menos "tubo horrible en la boca"–, que genera ráfagas de aire muy fuertes a través de vibraciones violentas. MiBebé vibra tanto que todo su cuerpo se sacude, todo el tiempo. Esto es lo más doloroso, parece que está acostadita sobre una lavadora en programa de centrifugado. Y el ruido también me angustia. La han sedado un poco para que no se estrese. Al notarla más adormilada, ya no sé lo que se debe a la medicación y lo que podría deberse a un empeoramiento. ¿Será este el último día de su luna de miel? Por esta vez, no lo voy a preguntar. No puedo preguntar todo lo que se me pasa por la cabeza, no puedo preguntar lo que sí tiene sentido y lo que no lo tiene, no puedo preguntar sobre la verdad y sobre mis fantasmas, porque entonces no pararía de preguntar, y preguntaría, preguntaría, preguntaría hasta que me convirtiera en una niña que siempre pregunta por qué esto y por qué lo otro, pero una niña que pregunta a sus no-padres, una niña que les pregunta a adultos que no tienen tiempo para responder todo, y que en muchas ocasiones ni siquiera ellos tienen respuesta, y terminaría por ser una carga en contra de MiNiña, en contra de las atenciones y cuidados que deben dirigirse a su supervivencia sin la distracción de una madre que no para de preguntar cosas que nadie sabe responder. Por eso callo, la mayoría de las veces.

***

Hoy me ha dado por sonreír a los doctores y enfermeras. Me río de mí misma, soy bastante patética. Quisiera poder contarte esto un día y que nos riéramos juntas. Parezco idiota. Espero que ellos no lo noten. Lo que en realidad pretendo es caer bien para que te presten más atención que al resto de bebés. No es fácil, porque prácticamente tienes un doctor para cada parte de tu cuerpo, son muchos doctores, mucho aparentar (ejercicio que nunca se me ha dado bien). Sonrío sin motivo. Sonrío para que, si tiene que morir un niño, que sea el de otra mujer porque tú eres la preferida de todo el personal médico debido a mi simpatía táctica. Y pregunto si puedo ayudar en algo, y les traigo café en el turno de madrugada, y me intereso por sus familias, que no me importan en absoluto, pero memorizo los nombres y las aficiones de los hijos de parte de todo aquel que te atiende para poder preguntar por ellos, para que te favorezcan, para que nos salven por pura y parcial predilección.

Sin embargo, nunca logro recordar el nombre del loro de Katy, la enfermera del turno de noche. Suele hablarme de él cuando le pregunto, me dice que en los días más duros, al llegar a casa, el loro se le posa en su hombro y le causa alivio. Ella está segura de que el loro siente empatía. Y yo, que no logro recordar su nombre (y no quiero preguntarlo otra vez para que no se me note que en realidad no me importa), no sé si es mejor preguntarle de modo genérico "¿cómo está tu loro?", o si es mejor callarme y preguntarle por cualquier otra cosa que no sea el maldito animal.

Es uno de mis recuerdos más tempranos: desplumé a una cacatúa que teníamos en casa. Le quité las plumas una a una. Mi madre me regañó, mucho, pero con un abrazo y muchos besos. En aquellos momentos mi madre aún era buena. Ya mucho más tarde, cuando yo tenía once o doce años, mi madre y yo salíamos a pescar pulpos en una pequeña barquita. Lo primero que me dijo mi madre y lo primero que confirmé el primer día fue que, una vez en cubierta y libres, los pulpos se las arreglan para desaparecer. Por pequeño que parezca cualquier agujero, aunque sea del tamaño de una moneda, cabe un pulpo de gran tamaño. Durante esa época mi madre ya se había convertido en resbaladiza. Yo intentaba retenerla con buenas notas, o con cariños, cualquier cosa, pero ella se escabullía por huecos invisibles a mi vista. Desaparecía. Ahora, miro a Mi-Niña y pienso que es tan distinta a cualquier bebé que tal vez mi cerebro debería ser más flexible, más octópodo, para comprenderla. Tal vez para comprender también a mi madre.

***

A veces es como un presentimiento. Siento que se nos ha dado un tiempo pero no sé cuánto, en cualquier caso, muy poco. ¿Cómo logra la muerte colarse por las grietas de un tiempo que no le corresponde, por entre unos poros que no han logrado terminar de abrirse? Como en un romance antiguo que cantaba mi madre, miro a mi alrededor; y para que la muerte no se cuele compruebo las puertas: cerradas; las ventanas: selladas; tu incubadora: tapada. Le pido más tiempo, no sé por qué pienso: Al menos cinco años, por favor, concédeme cinco años con ella, y no sé por qué digo cinco en lugar de cincuenta. Y luego te miro en esos momentos en que me parece que te estás yendo y pido un día, sólo un día, y no sé por qué pido sólo un día y no cinco años. Escucho la respuesta en mi cabeza: Un día no puedo darte, una hora tiene de vida.

De nuevo, compruebo puertas, ventanas, incubadora, que no entre nadie, que no entre la enfermera vestidita de blanco que no es enfermera, sino que viene a llevarse a MiNiña. Quiero recuperar para ti el cordón umbilical que nos unía. Entre mis manos tejo algo: no es el cordón, quisiera que lo fuera, pero es sólo una fantasía, una estupidez, un juego de la mente para no romper ahora mismo la ventana y arrojarme para allanarte el camino antes de que tú partas. Me aferro a ese símbolo ancestral, buscando perpetuar el vínculo, el cordón, el cordón, si yo vivo tú vives, si yo vivo tú vives. Fantaseo con hilvanar hilos de carne, cordones de arterias, que se deslizan entre mis dedos, el cordón, el cordón que se extiende hasta tu incubadora y se pega a tu tripita e incluso se enrosca alrededor como una serpiente que te bombea mi vida, mi vida de mí hacia ti, como antes.

Un día no puedo darte, una hora tiene de vida.

Alarmas.

Paro cardíaco.

Entra el ejército de médicos.

Son las 4:03 de la madrugada.

Lo sabía.

Vivo en Nueva York desde hace más de veinte años. Antes de que llegara mi madre, tu abuela, yo había pasado el último mes de embarazo cocinando para congelar suficiente comida y que ella no tuviera que hacer nada una vez que tú nacieras. No quería que mi madre limpiara, ni que me asistiera en las tareas de la casa, no necesitaba nada de eso que otras madres ofrecen de manera natural cuando su hija está recién parida. Lo único que quería era que te arrullara, a ti, a su nieta, durante los pocos días que estaría contigo antes de regresar a España; que te cantara, que le diera tiempo a quererte. Cuando antes de llegar a Nueva York, desde su inmadurez o fantasía me aseguraba que me iba a cuidar mucho, yo le respondía: "No hace falta que me cuides, mamá, yo sólo quiero que mimes a MiNiña", y para cambiar de tema le contaba, por ejemplo, lo que estaba cocinando en ese momento, con el teléfono agarrado entre el hombro y la oreja, a medio metro de las ollas porque la barriga se interponía entre mi pretérito vientre plano y la hornilla.

***

Además de cocinar pensando en gran parte en mi madre, también preparé la casa para ella. Hice nido para ti, pero también para tu abuela. Es difícil de explicar el ridículo que una siente ante esa necesidad de aprobación maternal en un momento en el que se supone que lo más importante es construir un lugar para tu hija. Pensaba que me desligaría de ese reclamo de cachorra abandonada una vez que fuera madre, pero no. La habitación que preparé para ti, estaba también pensada para la mirada de mi madre: el tipo de cuna, sus sábanas, los cuadros elegidos en las paredes. Como el apartamento no es muy grande, vendí una bicicleta elíptica que tenía y que pensaba utilizar para hacer algo de ejercicio durante el postparto. En su lugar, puse una cama que compré para que mi madre durmiera tranquila mientras tú dormías conmigo en mi habitación, para no molestarla. También compré una mesilla de noche, que puse junto a su cama, y sobre ella una foto enmarcada: yo tendría unos tres años, estoy en brazos de mi madre en la cubierta del ferri que nos llevaba a las islas Canarias, donde vivíamos en aquellos primeros años en los que el trabajo de mi padre requería mudanzas frecuentes. En la foto, mi madre, de perfil, extremadamente elegante y hermosa, señala hacia el mar mientras yo me agarro a su cuello con cara de temor. Esa foto estaba ahí también para ella, le gustó, pero en cambio la mesilla de noche le pareció demasiado pequeña: "No sé dónde voy a meter mis cosas". Esa fue una de sus primeras quejas cuando llegó. En cambio, a sus amigos, les enviaba fotos para mostrarles "lo bonito que yo había preparado todo", no por halagarme a mí, sino por mostrar que ella no merecía menos.

***

Mi bisabuela Dolores llamaba “almóndigas” a las albóndigas, y mi primo pequeño y yo nos reíamos. Hoy esa palabra se considera correcta, lo cual, en realidad, me trae sin cuidado. No necesito que ningún diccionario apruebe la vida atrevida y flotante de las palabras. No sé por qué, pero la palabra “almóndigas” me lleva a aquellos días en que mi abuelo entraba en la cocina de la casa del campo, que siempre olía a leña, y ya todos los primos sabíamos que lo había hecho: una de las tantas gatas salvajes que andaban por allí, había vuelto a parir y mi abuelo se encargaba de deshacerse de los gatitos. No sé cómo lo sabía, en realidad nos lo ocultaban, pero todos lo sabíamos, como sabíamos que el hecho de que mi abuelo lo hiciera cuando los gatitos aún no habían abierto los ojos parecía disculparlo todo, como si el abrir de ojos estuviera conectado con el comienzo de la vida o la capacidad de sentir dolor. En ocasiones, entraba en la cocina y decía: “Ya tienen los ojos abiertos”, y entonces todos los primos comprendíamos que seguían vivos, y preguntábamos ansiosos cuándo podríamos verlos. Mi tía Isabel era la que siempre nos enseñaba el escondite que había elegido la madre, pero no nos dejaba tocarlos ni molestarlos. Tal era la importancia de ese abrir los ojos: sólo hacía falta un parpadeo para pasar de la posibilidad de ser ahogados en un cubo de agua, a ser respetados junto a una madre que los amamantaba protegida por la hermana de mi abuela, a quien llamábamos la tita Isabel, que, aunque no venga al caso (o tal vez sí), tenía la capacidad intelectual de una niña. Era una niña de casi sesenta años cuyos ojos extremadamente azules centelleaban cuando veíamos los dibujitos animados o cuando le pedíamos que no se chivara a nadie si hacíamos algo que teníamos prohibido. La tita Isabel nos protegía igual que a los gatos que se habían salvado tan sólo por un parpadeo.

Tu primer llanto de gatito, tus ojos, hoy, aún están cerrados. Siguen traslúcidos y parece que cubren dos almendras diminutas.

Recuerdo todo esto porque las almóndigas fueron uno de los platos que cociné antes de que mi madre llegara.

Los ingredientes de las almóndigas de mi bisabuela Dolores (para cuatro personas) eran:

Aceite de oliva
400 gramos de carne picada
4 tomates grandes y maduros
1 cebolla blanca
3 dientes de ajo
1 huevo
300 gramos de miga de pan
1 pizca de sal
Tomillo al gusto
Perejil al gusto
Un puñadito de almendras

***

A partir de la pandemia, dependiendo de las infecciones por COVID según la época, se han generalizado los partos solitarios en los hospitales. Las mujeres protestan, tener que pasar por el parto sin la mano de tu pareja, sin tu propia madre. Si surge un nuevo brote, todos los familiares o amigos deben aguardar en la sala de espera, y esto con suerte, pues a veces tienen que hacerlo en el parking del hospital. La gente no sólo muere sola, sino que también pare sola. En Nueva York cada hospital tiene unas reglas, y en este permitieron estar presente a mi madre ante la situación vital y de extrema gravedad tuya y mía.

Pero a mí la soledad que trajo consigo la pandemia no me pilló por sorpresa, en absoluto. En realidad, yo ya sabía lo que era la soledad de una pandemia desde hacía mucho tiempo. Cuando oía en las noticias testimonios de abuelos que se lamentaban y hasta lloraban porque tenían que ver a sus nietos por vía virtual, o desde el otro lado del umbral de la puerta, me resultaban melodramáticos en exceso. Y, sin embargo, tal vez eso sea lo más normal, y la anormal soy yo, que no entiende –o no entendía– que miles de abuelas en el mundo lloren por no poder tocar a sus nietos. Consecuencias de la soledad: te margina no sólo de la presencia humana, sino de la comprensión hacia los demás. Hace que, cuando te cae encima un aislamiento mundial, pienses: No es para tanto. Pero si tú vives, MiNiña, no conocerás esta incomunicación por mí. Yo nunca te haría sentir así. Para conocer la soledad que te impone una madre tendrías que pasar por otra peste y otro confinamiento global. Y ni siquiera así llegarías a comprender una pizca de ese aislamiento maternal obligado y, en ocasiones, letal. En un futuro, en la próxima peste, yo seré una de esas que se lamentan por no poder abrazarte, a ti, a tus hijos. En un futuro voy a comprender y agradecer esa pena de otros, a la que hasta ahora no he sabido considerar con el respeto que merece.

***

En el campo donde viví gran parte de mi infancia, los cuentos pasaban de boca a oreja, porque la lectura era siempre oral y los autores no importaban o se acababan perdiendo en el bosque, hilados de voz en voz, desvanecidos de eco en eco. Los temas tenían que ser, a la fuerza, cruentos. Porque una amiga mía se ahogó en un pozo. Porque soy de la tierra de Lorca, donde el lagarto y la lagarta lloran por haber perdido un anillito (te recitaré este poema, te lo cantaré). Porque lo popular andaluz utiliza los diminutivos para paliar las épocas de sequía. Porque cuando mi primita murió en la playa fue en un año de sequía extrema, de esos en que cortan el agua durante muchas horas al día. Mi bisabuela me contaba todos los cuentos del mundo con una luz de candela, y luego, cuando cocinaba, me decía: "La buena cocina, como los cuentos, también ocurre al amor de la lumbre". Y después estaba mi abuelo Juan, aquel que tanto se empeñó en que conociera las plantas y los bichos del campo, en que aprendiera a orientarme, como si pensara que algún día iba a quedarme sola y perdida y tuviera que enseñarme a sobrevivir. Aunque yo ya estaba sola. Y el campo que me enseñó a entender para sobrevivir ya no existe. En su lugar vivo, vivimos, en una ciudad que ahora más que nunca no voy a saber transitar, perdida, tal vez, con la cabeza vacía, mis sesos en una mano que busca una papelera para arrojarlos, los coches sorteando mi cuerpo autómata por la carretera, insultándome: "¡Loca! ¡Imbécil!".

No caminaré esta ciudad a menos que pueda hacerlo contigo en brazos. Si sales de aquí viva, tú serás mi pulmón, mi campo andaluz, mi gran Central Park dentro de nuestra pequeña casa: el lago con sus patos y sus barcas, las ardillas, el carrusel centenario con sus hermosos caballos de madera tallados y pintados, el ángel-mujer de las aguas que corona la fuente de Bethesda. Y los niños que juegan, todos los niños que juegan vendrán al Central Park de nuestra casa.

Por cierto, hoy, al subir a la cafetería, he visto, posado en una ventana, un estornino. También te contaré esta historia con más detalle: Eugene Schieffelin, un día nevado de 1890, liberó sesenta estorninos en Central Park, creando uno de los mayores desastres naturales de América del Norte, pues, de aquellos sesenta estorninos y de otros cuarenta liberados al año siguiente, vuelan hoy más de doscientos millones. Una de las razones por las que los estorninos se multiplican, al parecer, hacia el infinito, es que, frente a otros pájaros, tienen unos músculos muy potentes en el pico, lo cual les permite abrirlo bajo tierra para poder alcanzar con mayor facilidad la presa invertebrada. Schieffelin se había propuesto colonizar Estados Unidos con todos los pájaros que nombrara Shakespeare. Pero hoy, al ver al estornino, no he visto a un pájaro, sino una plaga de langostas con los dientes de tu posible desaparición. Todo esto he visto en las plumas de menos de sesenta segundos: vi llover tantos niños muertos a través de los cristales de la cafetería que no tuve tiempo de contarlos. Recordé las palabras de san Juan, yo, no creyente.

> Y la tercera parte de los árboles fue arrasada, y ardió toda la hierba verde. Algo como un gran monte en llamas fue arrojado al mar. Y la tercera parte del mar se convirtió en sangre. Y murió la tercera parte de los seres vivientes que estaban en el mar, y la tercera parte de las naves fue destruida. Y también fue herida la tercera parte del sol, y de la luna, y la tercera parte de las estrellas. Vi cómo se oscurecía la tercera parte de todo, y vi que

> ya no quedaba luz en un tercio del día ni en un tercio de la noche. Y luego, se alzó mucho humo de los abismos abiertos, y de ahí manaron esas langostas que cubrieron la tierra. Y se les dio poder. Y el aspecto de las langostas era semejante a caballos aparejados para la guerra, y sobre sus cabezas brillaban unas como coronas de oro y sus caras eran como caras de hombres. Y tenían cabello como de mujer, y sus dientes eran como dientes de león fiero, y el ruido de sus alas era parecido al estruendo de mil carros que con muchos caballos corren a la batalla, y tenían en sus colas aguijones.

Luego, cuando regresé a verte con el vaso de café que me ardía en la mano, imaginé que los tubos sobre tu boca eran un pico, un pico musculoso tan fuerte que se clavaría a la tierra para alimentarse y vivir, y luego te reproducirías hasta llenar Manhattan de una plaga con tu mismo ADN, para repoblar la isla tras mi caída en este apocalipsis, que siento como creado únicamente para mí.

(Me han aconsejado que te cuente historias, a ver si encuentro otras más amables. Aunque dicen que lo que importa es el tono, la emoción en la voz, la música de la oralidad, y que puedo leerte los ingredientes de un plato precocinado, lo que sea).

***

Día diez. Desde tu segundo paro cardíaco te mantienes estable. Tu abuela se volvió a ir y no ha llamado. Me han dicho que necesito visitas, apoyo. Tengo grandes amigos en Nueva York, pero no quiero que nadie se asuste de ti, como veo en los gestos de las visitas a las incubadoras vecinas cuando alguien descubre a sus mínimos huéspedes por primera vez. En sus caras se confunde una mezcla de incredulidad, admiración, lástima, terror, incomprensión y algo, algo que por mucho que me incomode decirlo, se parece al rechazo. Pero no los culpo, seguramente todo eso apareció en mi cara la primera vez que te vi.

***

Tan delgadita, NiñaMía, cómo no se van a asustar quienes no han visto una vida que se hace y se deshace al mismo tiempo. Tal vez "cruda" no sea la palabra que mejor defina tu apariencia. Es como si te faltaran capas en el cuerpo, revestimiento de carne, estratos de músculos.

El anillo de mi dedo anular te queda grande en el brazo. Quizá es lo que debería decir a las visitas para prepararlas un poco si deseara que alguien viniera a verte: Te advierto, escúchame bien antes de entrar a verla: mi anillo le queda grande en su pequeño brazo.

Me quitaría el anillo, lo pondría en la palma de la mano de cualquier visita, y esto podría acercarla un poco más a la realidad de tu insólito cuerpo. Sí, puede ser que esto las preparara un poco para lo que iban a ver. No lo sé. En cualquier caso: el poema de Lorca que te prometí, te lo canto. Nos lo canto:

El lagarto está llorando.
La lagarta está llorando.

El lagarto y la lagarta
con delantalitos blancos.

Han perdido sin querer
su anillo de desposados.

¡Ay, su anillito de plomo,
ay, su anillito plomado!

¡Ay, cómo lloran y lloran!,
¡ay!, ¡ay! ¡Cómo están llorando!

***

Ya antes de que me desarrollara, mi madre hizo que me avergonzara de mi cuerpo. No recuerdo desde cuándo, pero empecé a esconder mi desnudez de la vista de mi madre bastante pronto. Mi madre jamás me ha visto los pechos, nunca me vio desnuda en el tránsito de niña a adolescente, o en mi cuerpo de mujer. Pero cuando empecé a sacarme la leche, tuve la mala suerte de que mi madre, a pesar de que apenas venía, estaba presente. Sólo en esos días postparto vio mis pechos por primera vez, esos pechos que yo no sentía míos, con las areolas enormes y oscuras que ni yo reconocía, y que mi madre juzgaba mientras mi vida aún estaba en una situación crítica. Sentí asco. El mismo asco que sentía de adolescente cuando hombres con la edad de mi padre me miraban el pecho, babeando. Sentí asco y pudor y vergüenza ante la mirada de mi madre. Y dentro de tantas dificultades de gravedad durante aquellas primeras horas, me parece increíble que pudiera avergonzarme de mostrarme desnuda ante ella. Pero así es. El peso de esa mirada que de manera evidente juzgaba los cambios de mi cuerpo fue, por momentos, superior a mi miedo, mientras yo me masajeaba los pechos para estimular la leche, que, para colmo de males, no salía.

***

Lo poco que se puede ver de ti es amarillo. De nuevo me dicen que es normal. Todo lo anormal es la normalidad aquí. El hígado no está lo suficientemente desarrollado y tiene dificultades para procesar la bilirrubina. La luz azul de tu incubadora es una luz especial de alta intensidad que ayuda a descomponer la bilirrubina en el cuerpo y a eliminarla a través de la orina y las heces. Así empezará a disiparse el color amarillento en tu piel y en tus ojos. "Los ojos", me dicen las enfermeras. Y yo me pregunto: ¡¿Los ojos?! ¡¿Pero qué ojos?!

***

NiñaMía, ¿cuándo vas a encontrar tu forma?

***

Antes de que todo de repente se redujera a dunas de arena en las regiones más nebulosas de mi historia, recuerdo una infancia de familia longeva, llena de abuelos y hasta de bisabuelos. El amor y atención que me regalaban eran tantos que los recuerdo como decenas de ellos, una colmena donde yo era la jalea que segregaban entre todos, pegajosa de cariño, nutrida y nutriente. Mi bisabuela Dolores habría sido capaz de llenar todo el enjambre afectivo por sí sola, si hubiera hecho falta. Me resulta ilógico y desde luego triste tener una hija sin abuelos, lo único que te podré dar es el relato de un abuelo que en el mejor de los casos está loco y una abuela que... bueno, una abuela que aún no sé. Necesito tiempo para saberlo. Suele decirse que cuando una es madre entiende mejor a sus padres. Mi caso es el contrario. Los entiendo mucho menos. Aún menos. ¿Y acaso tú me entenderás algún día cuando te diga que ahora mismo quiero que te aferres a la vida incluso ante la posibilidad de que tengas un futuro de dolor o seas una conciencia enlatada en un cuerpo inerte y una lengua que te pese en la boca? Tal vez esto me haga peor madre que la mía, pero es lo que quiero:

Vive.

Sobrevive.

Es mi primera orden como madre.

***

Un día, a los cinco meses de embarazo, cuando estaba de vacaciones en España, me di cuenta en el baño de que tenía las bragas mojadas, como si me hubiera orinado, pero no recordaba haber tenido ninguna pérdida porque, de hecho, nunca las tuve a pesar de la presión que el feto ejerce sobre la vejiga durante el embarazo. Entonces se me ocurrió que podía ser líquido amniótico. Me entró un ataque de pánico y cuando me di cuenta ya estaba en la calle corriendo hacia el médico. Digo corriendo porque realmente corría. Durante la carrera, vi un pájaro caído del nido, pero no me detuve, seguí corriendo. Llegaba tarde a mi cita, y por un momento pensé que con bastantes preocupaciones cargaba ya como para ir rescatando animales. Después de unos segundos, me pareció que ignorar a una vida desvalida sin atenderla, no sólo iba en contra de mi modo de entender la relación con los animales, sino que, justamente en ese preciso momento, podría volverse en contra de mí, de ti. Era una especie de sensación supersticiosa, de justicia kármica. Entonces detuve mi carrera, retrocedí, me acerqué al pájaro, me agaché. Tenía los ojos cerrados, exactamente igual que tú ahora, pero respiraba. Era una cría de gorrión, joven, pero lo suficientemente grande para poder salir adelante con los cuidados apropiados. Lo sabía porque de pequeña había recogido a muchos, algunos sobrevivieron, otros no. Pedí una caja de cartón en una tienda cercana, y como no tenía tapa decidí entrar en la consulta con el gorrión escondido en mi mano. Entonces conocí a mi matrona, una mujer que me hablaba con dulzura auténtica, que conversaba con verdadero interés, que me cuidaba con sus palabras. Mientras me preguntaba lo necesario para conocer todos los detalles de mi historial médico en Nueva York, yo respondía sentada al otro lado de la mesa, con el pensamiento puesto en los latidos del pájaro entre las paredes de mi mano. Me resultaba difícil estar en ambos sitios al mismo tiempo, pero era capaz de percibir la ternura de la matrona a la vez que la vulnerabilidad de la vida que estaba escondiendo. Tenía la sensación de que al igual que yo sostenía a un pájaro herido o tal vez enfermo en la mano, la matrona me sostenía a mí. Y en mi útero, tú, MiNiña, a quien yo no podía proteger, porque no estabas fuera de mí, en mis manos, ni en esa consulta, en manos de la matrona, sino en mi interior, en el interior de una madre que se sentía muy frágil. En un momento dado, comencé a notar que las pulsaciones del pajarito se ralentizaban, yo seguía contestando las preguntas de la matrona e intentado que no me notara la distracción, pero en cuestión de segundos los latidos se detuvieron por completo. Aún tratando de esconderlo, abrí la mano y lo vi, muerto. Grité, no recuerdo de qué manera atropellada le expliqué a la matrona lo que había pasado. Ella me tranquilizó, se levantó y vio al pájaro diminuto en mi mano. Juntas lo pusimos en un guante de látex y lo metimos en la caja de cartón, que dejamos junto a la puerta. Me ayudó a tenderme en la camilla para tranquilizarme. Me acarició la cara, las manos, y entonces me sinceré. Le dije que yo no podía llevar a MiNiña durante mucho más tiempo, que no te sentía segura dentro de mí, que yo no podía ofrecerte protección, que yo era TuMadre y si sentía eso tenía que ser verdad, que no era una intuición sin fundamento, que era una intuición certera, y que por favor me dijera cuándo podrían provocarme el parto, que había leído que hay fetos que sobreviven en la semana 25, que ibas a estar más segura en una incubadora que dentro de mí, que yo estaba rota, que te me ibas a salir en cualquier momento por mis grietas, o que mis ataques de pánico, mis terrores, mis pesadillas acabarían por detenerte el corazón, por matarte de una arritmia o incluso de tristeza fetal. La matrona, que se llamaba

Sara, me dijo que no había un lugar mejor para ti que el lugar en el que estabas. Con un *doppler* portátil escuchamos los latidos de tu corazón, y luego fue recorriendo con sus manos toda mi barriga, explicándome cuál era tu posición y dónde tenías la cabeza, los pies, la barriguita. Te movías mucho, y Sara me preguntó si siempre te movías tanto. Le contesté que sí. "Bien, el movimiento indica bienestar fetal".

Fue la primera vez que sentí que podrías lograrlo a pesar de estar dentro de mí.

Antes de salir de la consulta recogí la caja de cartón con el pajarito envuelto en su sábana de látex, y una vez en la calle lo coloqué en la primera papelera que encontré. Había pensado en enterrarlo, pero creo que a veces (y sin duda este era mi caso en aquel momento) la humanidad se expresa por medio de las actitudes aparentemente más desconsideradas. Haber procurado una despedida más sofisticada para el pájaro sólo habría indicado que yo estaba en condiciones de enfrentar un acto civilizatorio, y no lo estaba. Me sentí más humana precisamente porque lo único que pude hacer fue colocarlo en una papelera.

La tranquilidad empezó a entrar en mí como un sedante químico. Notaba perfectamente la retirada paulatina del pánico, junto a un sentimiento de felicidad que pudo hacerse hueco durante el resto del día.

MiNiña, mira qué bonito lo que te leeré un día cuando puedas entenderlo. Una mujer que se llama

Yerma, que desea tener hijos y vive entristecida porque no los tiene, le pregunta a una mujer embarazada qué es lo que siente con un niño dentro:

> –¿Y qué sientes?
>
> [...]
>
> –No me preguntes. ¿No has tenido nunca un pájaro vivo apretado en la mano?
>
> –Sí.
>
> –Pues lo mismo. Pero por dentro de la sangre.

***

Cuando supe que existía un dispositivo –un *doppler* portátil– con el que se pueden escuchar los latidos del feto y hacer un seguimiento de su frecuencia cardíaca, corrí a comprar uno y entré en un bucle de obsesión por comprobar que estabas bien, que latías y que el ritmo de tu corazón era más o menos semejante al del día anterior (contaba los latidos por minuto). Si me ponía nerviosa, me colocaba el *doppler* en la barriga y trataba de ver si te afectaban mis nervios. Si dejaba de sentir tus movimientos durante más de dos horas, tenía que asegurarme de nuevo de que latías. A veces, a mitad de la noche, me despertaba de repente y cogía el *doppler*, que siempre tenía a mano, en la mesilla de noche cuando dormía, o en el bolso si salía de casa. Después de dos abortos tenía mucho, mucho miedo. Y mi madre, también estaba mi madre. Tal vez si la matrona hubiera conocido a mi madre, no habría estado tan segura de que podrías llegar a término estando ella cerca.

Como he escrito antes, mi madre estuvo en el umbral entre mi vida y mi muerte, y se fue. Pero hay más, mucho más. Lo más dramático es que fue ella quien provocó mi parto anticipado. Pero antes voy a contar algo del contexto que también ella conoció para que se entienda que, en mi situación, mi madre ya me había visto sufrir tanto que, creo, habría merecido un consuelo, siquiera por una vez en su vida: lograr gestarte me costó cuatro años.

En la sala de espera de la clínica de fertilidad, mi lugar más frecuentado durante las semanas previas a la última transferencia embrionaria, vi a mujeres solas, también solas como yo, aunque alguien las acompañara, y con un aire de tristeza que las mantenía ensimismadas, sin ganas de entretenerse con sus teléfonos u ojeando algunas de las revistas. En aquella sala, no saludar cuando una nueva paciente entraba no podía atribuirse a la mala educación. Lo normal era el silencio, que ninguna paciente saludara; simplemente se sentaban y a lo sumo miraban a la de enfrente preguntándose –aunque también sin demasiado interés– qué tipo de interferencia con su fertilidad las habría llevado hasta ahí; hacía cuántos años que vivían a la caza de un bebé tal vez imposible, cuidándose como si ya estuvieran embarazadas de un feto que cumple años dentro de ellas; a qué habrían tenido que renunciar; cuántos kilómetros las distanciaban de su hogar, o si la vida les llegaría para pagar los préstamos que les concedieron. Aquellas mujeres –como yo misma– habían detenido su vida desde que decidieron que querían tener un hijo. A partir de ahí todas seguimos las mismas rutinas: pastillas prenatales, nada de alcohol, nada de azúcar, nada de muchas cosas, abundancia de verduras de hoja verde (espinacas, kale, acelgas), aguacates, ejercicio moderado y un sinfín de complementos vitamínicos destinados a mejorar la calidad del endometrio y los óvulos. El mercado no tiene fin. También recomiendan dejar el gluten, según uno de los últimos estudios que indica que en ciertos casos podría interferir en la fertilidad. "Aún no está comprobado", dicen los médicos, pero por si acaso, "no coma nada que contenga gluten" (se acabó el comer en restaurantes sin garantías y empezó el mirar los ingredientes de absolutamente cada alimento). Y todo esto a sabiendas de que la carga hormonal a la que nos someten nos pone en riesgo de un cáncer de mama u ovarios. Es más, las posibilidades de desarrollar un cáncer aumentan si finalmente no se tiene un hijo, con lo cual el hijo viene a sentirse como una salvación alegórica y una salvación literal.

***

Algunos días antes de la extracción de óvulos, las enfermeras me llamaron para recordarme que no debía maquillarme ni usar desodorante o cualquier otro producto que llevara perfume, podría dañar esos óvulos que, con suerte, generarían un embrión que comenzaría la vida en una incubadora de atmósfera controlada para semejar las condiciones de cultivo del útero… Pero no es el útero. No es el útero y ahí residía mi problema, mi miedo, las noches de insomnio pensando en lo que me habían dicho los doctores: ni el mejor laboratorio puede igualar las condiciones del sistema reproductivo.

Cuando llegó el día de la transferencia, cuando por fin ubicarían en mi útero el embrión, para tener la sensación de que hacía cuanto estaba en mi mano, ni siquiera usé jabón en la última ducha, y estaba tan nerviosa que temía oler a sudor cuando llegué. Por otra parte pienso que esa situación debe de ser habitual y que los doctores estarán ya acostumbrados al olor del miedo, ansiedad o expectación de tantas mujeres. La última vez que había sufrido un aborto, mientras el doctor retiraba de mi cuello uterino los últimos restos del feto, también sentí ese olor tan particular, las glándulas en duelo por el bebé que no sería, el miedo de la infertilidad infinita flotando en el quirófano como un fantasma que también teme y pulveriza su olor rancio para ahuyentar a los médicos, a mí misma. Al lado del médico que trabajaba entre mis piernas había uno de esos contenedores plateados y cilíndricos donde se arrojan los desechos sanitarios. Todavía oigo mi voz pidiéndole al doctor aún entre mis piernas: “Por favor, no lo tire a la basura”. Lo repetí varias veces, creo que muchas, no me importaba ni el dolor, ni sentir la sangre que oía caer como canalizada por una gárgola de mi cuerpo en ruinas. Aquel día mi madre estaba presente, pero también se salió (aquella vez, dijo, porque le impresionaba la escena). Decía que había tanta sangre que parecía que habían matado a alguien. Sí, mamá, me han matado a mí.

Cuando llegamos a casa, me soltó con desdén: “Espero que no lo vuelvas a intentar”. Ni un beso, ni un abrazo, ni una palabra de alivio. Al menos, aquella noche me trajo la cena al sofá, antes de encerrarse en su habitación.

***

Claro que lo volví a intentar. Mi doctor entró en la consulta cuando yo ya estaba sentada en el potro con la vejiga llena. Hay que tener la vejiga llena para que la cánula que contiene el embrión (en esta ocasión te contenía a ti) entre con mayor facilidad, de modo que una siente que si el proceso dura mucho tiempo no va a aguantar más la orina y tantos meses de inyecciones, de esfuerzo, se echarán a perder por algo tan trivial como orinarse encima. Pero el proceso es rápido, me dicen. El doctor me enseñó tu foto en estado de embrión, MiNiña, una cosita redonda de cinco días de vida, y a través de una pantalla seguí el recorrido de la cánula hasta el útero, y allí te dejó bien colocadita, "en un buen sitio", fueron las palabras exactas del doctor. Luego salió de la consulta deseándome suerte y, ya desde la puerta, al tanto de mi historial de abusos médicos en una clínica anterior, me dijo: "Te mereces esta hija, la has buscado mucho". Entonces lloré, lloré porque era cierto, te merecía, te había buscado como a una hija que ya existe. En realidad, eso de "merecer" es banal y relativo, no hay una relación de causa y efecto que lleve a los más persistentes a estar más cerca del cumplimiento de su deseo, pero yo lo entendí de una manera más personal: para mí, decir que me merecía a mi hija, que te merecía a ti, era como decir que él podía ver antes de tu nacimiento, antes siquiera de tu concepción, que te amaba, y que te cuidaría. Que ya era madre. Y que no sería como la mía.

Una enfermera me dijo que, después de los primeros diez minutos, podía orinar sin preocuparme, el embrión no se iba a desprender por ello, como al parecer tememos muchas mujeres en la misma situación. Aun así, esperé dos horas más antes de ir al baño, por si acaso. En comparación con todo lo que había hecho ya, esas inyecciones que diariamente me pinchaba en la barriga ya amoratada, sentir que mi vejiga iba a reventar no fue más que un detalle sin importancia.

***

De camino al coche pensé en los consejos semiesotéricos que hacía unos días me había dado una amiga que había pasado por el mismo proceso: "Para ayudar a que el embrión se implante hay que pensar en cosas pegajosas, por ejemplo: visualizar al embrión como si fuera una gelatina que se adhiere a tu endometrio, y comer piña, mucha piña". Así pasé el viaje en avión de vuelta a Nueva York, preocupada por si cada turbulencia dificultaba que pudieras agarrarte. Transcurridos diez días me harían un análisis de sangre para determinar si estaba embarazada o no, o si los valores hormonales de tu implantación eran tan débiles que probablemente serías mi aborto número tres.

***

No he conocido nada tan perturbadoramente obsesivo como la determinación de ser madre. Si lo sientes, no hay nada que importe más que eso, una vendería su alma al diablo, y como no podemos, muchas vendemos lo que tenemos, nos empeñamos en deudas, y si finalmente el hijo se hace imposible, la depresión se instala durante largos años en un número significativo de mujeres. A veces no es tanto el hecho de no tener un hijo como el hecho de saber que nunca tendrás esa opción.

La obligación a la nada duele. La nada, para que no te torture, sólo puede ser una elección. Es como la muerte.

***

Recuerdo la última vez que estuve en la clínica, ocho mujeres en la sala de espera miraban por la ventana con la mirada perdida en ese escenario en medio de ningún sitio, verde, tan apropiado para no pensar más de la cuenta. Otra mujer, la única que estaba de pie, se entretenía observando un enorme acuario marino, concretamente tenía los ojos fijos en un erizo que estaba adherido a la pared de cristal. Me fijé en una especie de órgano azulado en el centro, parecía un ojo, pero se contraía y dilataba como si fuera un corazón bombeando. Cuando la mujer se marchó, me acerqué y acaricié el cristal, y así permanecí unos segundos, hasta que una enfermera dijo un nombre y alguien se sobresaltó y se apresuró a decir, como si otra pudiera usurparle el puesto de futura-posible-madre: "Soy yo". Entonces desapareció tras la puerta que separa la sala de espera de la zona que conduce a los quirófanos. Estaría dormida durante una media hora en que el doctor le iría extrayendo los óvulos, al mismo tiempo que otros cuatro doctores se los extraerían a sendas pacientes. Todas dormidas a la vez, antes de que pasaran las siguientes, entre el temor y el deseo de que al despertar les dijeran que sus óvulos eran válidos, que no eran demasiado viejos, o demasiado inmaduros, o insuficientes, o sin potencial para ser fecundados. Y luego los dolores, el sangrado, las náuseas, los hematomas en los ovarios, el reposo obligado, el riesgo de trombosis, la sensación real de que mientras dormían han estado hurgando en partes que nadie, jamás, había tocado antes.

***

Mis ganas de tener un hijo eran más que un deseo, algo mucho más complejo, o tal vez eran un deseo demasiado complejo para poder explicarlo. Yo siempre había sentido esa necesidad de dar amor, y creo que esto tiene sus raíces en que era mi única manera de creer que lo recibía, algo así como querer dar de comer al hambriento para quitarse el hambre propia. Pero también era otras cosas, era ver mi cara cuando era pequeña, pues nunca he sabido realmente cómo era yo a diferentes edades, de bebé, o un poquito mayor. Mi madre perdió casi todas las fotografías, y nunca fue buena en describir mis rasgos, creo que en realidad no los recordaba. Tener un hijo era para mí reclamar mis rasgos olvidados por mi madre y aquellas primeras pataditas con que yo le anunciaba mi vida, y que ella no sintió, o le pareció tan insignificante que ya tampoco lo recuerda.

***

En la primera clínica de fertilidad, debido a una medicación inadecuada que suele utilizarse para tratar el cáncer de próstata, me provocaron una menopausia temporal, durante seis meses, en los que por razones obvias me quitaron la posibilidad de quedarme embarazada de manera natural. Se me cayó el pelo hasta el punto de tener que usar gorra para tapar los parches del cuero cabelludo, la debilidad era tal que tenía que sentarme para lavarme los dientes, me dolían las rodillas como si el simple hecho de dar un paso las fuera a quebrar. En aquellos días tenía planeadas unas vacaciones a Tenerife con una amiga, no las cancelé, pero para llegar a la orilla del mar mi amiga tenía que llevarme en brazos. En la clínica me negaron que la inyección que me habían administrado fuera la causante de aquellos síntomas. Tuve que ponerme en contacto con el laboratorio, que efectivamente confirmó que mis síntomas eran producidos por aquella medicación, pero para entonces ya había pasado por todo tipo de médicos, todo tipo de pruebas y posibles diagnósticos, desde lupus hasta esclerosis múltiple. Además, debido a una mala gestión de las hormonas innecesarias que me administraron, engordé dieciocho kilos. Los conocidos que me encontraba por la calle, al ver el volumen de mi barriga, me felicitaban por el embarazo que yo tenía que negar.

***

Mi madre tiene flechazos de amistad. Como es carismática, suele caer bien. Además es camaleónica, capaz de adaptarse a los requerimientos de la otra persona, pero es sólo eso, un camuflaje que utiliza para iniciar un vínculo que en algún momento necesitará romper, por alguna razón que desconozco. Entonces mi madre tiene siempre una mejor amiga, que ha conocido algunos días antes, normalmente es alguien desvalido, que necesita ayuda. Me cuenta los pormenores de todas sus desgracias, y cuánto la está ayudando. Realmente invierte energía en otras personas, lo hace. A veces les da refugio en su casa. Pero cuando al cabo del tiempo le pregunto qué tal está esa persona, resulta que ya ha desaparecido de su vida, siempre por motivos distintos, y ya no tiene ninguna relevancia para ella. Entonces, un día cualquiera, paseando al perro o esperando en la cola de Correos para enviar un paquete, conoce a su nueva mejor amiga, y repite la misma dinámica.

***

Durante aquellos tiempos en que buscaba, desesperadamente, un hijo, y asumía todas las consecuencias físicas y psicológicas que ello implicaba, le pedí a mi madre que no lo compartiera con nadie. Simplemente no tenía las fuerzas de hablar fuera de la clínica de lo que pasaba dentro de la clínica y de mí. No quería que nadie supiera nada, salvo mi madre, y sólo porque durante los diferentes ciclos me alojé en su casa. Me costaba salir a la calle, mi aspecto físico había cambiado, y no sólo era el extremado aumento de peso ni la alopecia, sino mi tristeza. Yo sabía que mi tristeza debía ser a la fuerza visible. Me sentía avergonzada. No entendía cómo podía permitir que el deseo de ser madre estuviera acabando conmigo. Creo que, de no haber pasado por ello, no lo habría entendido en otras mujeres. Conocía de primera mano casos en los que, una vez que la mujer sabía de manera definitiva que ya no iba a poder ser madre, caía en una depresión, se daba de baja del trabajo durante meses, tomaba antidepresivos, iba a terapia. Y ahí estaba yo, en el lugar de cada una de esas mujeres pero, al mismo tiempo, sin entender cómo se puede llegar a menospreciar el cuerpo y el bienestar mental propios a cambio de nada, ni siquiera a cambio de un hijo. Así que quería pasar por todo sola, en secreto, tratando de seguir con mi vida habitual de cara a los demás, y le pedí a mi madre, le rogué mil veces, y mil más, que no lo contara. Otra vez confié en ella. Pero un día, viendo la televisión, una de esas mujeres a la que mi madre acababa de conocer, su última nueva mejor amiga, la llamó por teléfono. Aunque mi madre pensaba que yo no me estaba enterando, fue una de esas ocasiones en las que la voz de la otra persona al teléfono suena muy alta, y escuché: "¿Cómo lleva tu hija lo de la clínica?". Mi madre respondía con monosílabos, disimulando. Y luego, de nuevo aquella voz le preguntó: "¿Y cómo lleva lo de la menopausia?". Esa señora no era nadie de mi familia, ni una amiga íntima. Mi madre la había conocido la semana anterior. Cogí el mando del televisor y lo arrojé contra el suelo con tanta fuerza que las pilas saltaron por los aires.

***

Cuando estaba embarazada de ti de seis meses, sólo en ese momento, empecé a ganar confianza en que sobrevivirías, y cuando ya todos mis conocidos sabían que estaba embarazada, me sentí tan orgullosa de mi barriga que la lucía en cada oportunidad que tenía. Básicamente siempre llevaba pantalones o faldas muy bajos y tops bastante cortos, de manera que todo el mundo pudiera ver que éramos dos. También solía acariciarte mucho, a todas horas, en casa y fuera de casa. Sobre todo cuando te movías, me gustaba comunicarme contigo de esa manera. Un día mi madre se bajó un poco los pantalones, se subió algo la camisa y, con los gestos más feos de los que fue capaz, comenzó a imitarme, a reírse de mis caricias, del orgullo de exhibir esa barriga que, parecía que por fin, esta vez, iba a llegar a término.

Nunca olvidaré aquellos gestos tan deformes y desagradables con los que mi madre intentó imitarme. Creo que si hubiera sabido que siempre la recordaría así, no lo habría hecho. Aquel día reconocí el cadáver de mi madre en la morgue. Y si yo hubiera anticipado que iba a ponerse tan fea para burlarse de mí, no la habría mirado, para no quedarme con esa imagen después de su muerte, como la hija que no quiere ver el cuerpo de su madre tras un accidente violento, para conservar el rostro de su madre viva, inmortal, entera, con color. Pero en realidad, siempre lo he sabido, la fealdad de mi madre hacia mí es infinita, como la muerte, o como el olvido.

Después de varios días seguidos con algo de esperanza, esta mañana te has puesto azul. La sala volvió a llenarse de personal médico y yo pensaba que ese azul nunca volvería a ser el rosa crudo con que naciste, ni el rosa-piel-terminada-protectora con el que deberías seguir desarrollándote. Ese azul era tan azul que no pensaba que pudiera borrarse sin echarte encima y de una vez por todas un manto de muerte. Nunca había asociado ese color más que con el mar. Tan sólo unos días antes de entrar aquí, cuando todo iba físicamente bien para nosotras, las dos flotábamos en un mar atlántico. Tú te quedabas dormida, yo sabía que el agua te relajaba. Luego buceaba un poco, reteniendo la respiración unos segundos en el fondo, acariciando la arena, fijándome en el rastro que dejaba tras de sí el paseo de un minúsculo cangrejo ermitaño, y me divertía haciendo algunas piruetas, ingrávida, ligera, todo era tan fácil en el mar. Al salir, me dejaba secar al sol y tú, poco a poco, te despertabas de tu siesta oceánica. A veces no me sentaba en la toalla, sino que me tumbaba directamente en la arena, de un lado, del otro, hasta quedar totalmente cubierta. Eso era el color azul para mí y, de repente, pasó a ser la posibilidad del abismo, la arena tragándonos hasta el fondo de la tierra para licuarnos en un núcleo petrolífero que nadie verá.

"Ha vuelto", dijo el doctor Scholl, y con esas dos palabras también yo caí de ese limbo desde el que observaba tu azul. Me perdí los detalles de tu resurrección. Luego volvieron a explicarme: los bebés tan prematuros no han terminado de desarrollar su sistema nervioso, de modo que a veces el cerebro no recibe la señal de que los pulmones deben recibir oxígeno. Esto crea una apnea que a su vez crea una bradicardia, y ahí la piel se inunda de azul.

Me dicen que antes de las 35 semanas de gestación, para los bebés es muy difícil coordinar las acciones de succionar, tragar y respirar al mismo tiempo. A veces, literalmente, se te olvida respirar, de modo que me advierten que es más que probable que lo que ha pasado vuelva a pasar. No sé cómo voy a soportar más resurrecciones. Si al menos supiera cuántas, si al menos supiera que todas serán exitosas. Si al menos mi madre estuviera conmigo. Si al menos pudiera perdonarla. Si al menos golpearla.

***

"No quiero a mi madre", tuvo que confesar Rilke. Aunque durante años le escribiera las cartas más amorosas, aunque seguramente sí la quisiera, terminó por tener que decirlo: "No quiero a mi madre", y tras el último encuentro que tuvo con ella, escribió este poema:

> Ay, dolor, mi madre me derriba.
> Piedra a piedra yo me había levantado

y ya estaba en pie, como casa pequeña,
en torno a la que gira el día, incluso estando solo.
Y viene ahora mi madre y me derriba.

Me derriba cuando viene y mira.
No ve siquiera que uno está construyéndose.
Las paredes de piedra me atraviesan.
Ay, dolor, mi madre me derriba.

Vuelan ligeros en torno a mí los pájaros.
Los perros, aun extraños, me conocen: es él.
Sólo mi madre no sabe quién soy yo,
desconoce mi rostro que ha cambiado despacio.

***

No quiero a mi madre. Aunque seguramente la quiera.

***

Me han dicho que el amor que se siente por un hijo recién nacido es poco en comparación con lo que se va convirtiendo con el paso de los meses y los años. Yo no imagino amarte más, ni siquiera lo quiero, porque amarte más, ahora mismo, me parece algo imposible o patológico, malsano, una bomba de afecto que no puede hacerle bien a nadie. Por otra parte, si eso es verdad, hay algo de positivo en todo esto: estás en una incubadora justo en el momento en el que se supone que mi amor por ti no ha terminado de crecer. Te veo desarrollarte cada día, son cambios mínimos pero los veo, y con ello es cierto que estos latidos que tengo en el pecho y en el estómago y en el útero donde aún deberías estar van cobrando cuerpo a la vez. Quizá la naturaleza es sabia: estás en tu momento más vulnerable porque yo aún no te quiero tanto como te podría querer si sobrevives. Por eso aún puedo soportarlo, aunque a duras penas. Si creo en este sinsentido (y quiero creer), esto significa que si vives, nunca más tendré que verte entre la vida y la muerte, porque yo no lo sobreviviría. El universo me debe que crezcas sana. Estas tonterías pienso. Me tengo que agarrar a algo, en este minuto lo hago a ese universo que no existe, no existe, pero yo le grito para que me sostenga por el único dedo con que me agarro para no caer de la última capa de la atmósfera.

***

Día catorce. Ayer me dieron el alta y hoy me he dado mi primera ducha completa en casa. He abierto la puerta de entrada, he dejado algunas de las cosas que traía del hospital en la mesa de la cocina, he entrado en la habitación a coger ropa para llevarme y pasar todo el tiempo que pueda junto a ti. He pasado de largo y con miedo por tu habitación, pero luego he vuelto sobre mis pasos y he entrado. Todo está tal como lo dejé: perfecto, bello, preparado para dar la bienvenida más cálida y esperada, pero no hay bebé. Abro uno de los cajones de tu armario. Ahí está el pijama de primera postura que me regaló mi abuela para tu primer día en el hospital. Lo cojo. Es suave. Viene a juego con unos pequeños guantes para que no te arañes la carita y con un gorro. Es rosa. Es rosa porque yo quería que todo fuera típico, ordenado, normal, cliché. El miedo nos mete en el lugar más seguro. Cojo el conjunto y lo guardo en la mochila, pienso en ponerlo sobre la incubadora, para que lo veas cuando abras los ojos y para que yo pueda visualizarte dentro de ese pijama mientras luchas con tanto esfuerzo por poder llenarlo. No quiero mirar demasiado más. Me desnudo, meto en una bolsa mis pañales aún con sangre y entro en la ducha. Es la primera vez, desde que me dejan pasar el día y la noche junto a la incubadora, que me separo de ti, pero agradezco el agua en todo el cuerpo. Veo cómo se desliza por el desagüe, rojiza, con coágulos y pequeños trozos de mí que no sé ni lo que son. Restos de haber parido a una bebé que aún debería estar dentro. Restos de la carne que no tienes. Pienso en un puzle. Tal vez algunos de esos trozos que caen te pertenecen, como esas piezas azules que se corresponden con el cielo y, en tu caso, tal vez sean vitales para el correcto funcionamiento de tus riñones o tu capacidad auditiva. MiNiña, puzle incompleto. Me lavo el pelo por primera vez, me aplico una mascarilla, me siento en el suelo junto al sumidero que se va tragando todo lo que sale de mí, y empiezo a llorar de manera desconsolada, también por primera vez. Puede ser que parte de tu hígado o tus pestañas corran tubería abajo y terminen en las cloacas de Manhattan. Desde que he visto con mis propios ojos bebés de medio kilo de peso, siento que todo puede ser.

***

Cuando tú llegaste, yo me disolví. Sé que me he levantado porque no estoy acostada. Sé que me he peinado porque tengo dos horquillas que me recogen el cabello. Sé que he comido porque veo algunos restos en el cubo de la basura las pocas veces que voy a casa. Pero no sé qué más sucede cuando me separo de ti. Vivo en ti. Soy la bacteria que crece en un moribundo. El buitre que, ignorante de su vuelo, vive pendiente de la carroña. Es horrible todo esto que escribo, lo sé. Si no lo consigues, creo que me volveré mala, una mala persona.

***

Después de unas idas y venidas muy esporádicas al hospital, mi madre regresó a España sin decirme que se iba. Mientras nosotras estamos aquí, por lo visto mi madre ha empezado un trabajo como voluntaria, por primera vez en su vida. Consiste en conducir un camión de la Cruz Roja, recorre las calles de Málaga abasteciendo de alimentos a las personas sin hogar. Debe de gustarle decir que trabaja como voluntaria, y seguro que le resulta especialmente atractivo el camión porque así es más obvio. El camión de la Cruz Roja resulta mucho más visible que una camiseta, además, una camiseta no significa necesariamente que seas voluntario, podría ser prestada o regalada, pero conducir el camión es pregonarlo a los cuatro vientos.

Mi madre nunca ha sido constante en nada, pero hay dos cosas en las que sí se ha esforzado: caer bien y parecer buena persona. Es curioso que para ello haya elegido la mentira, una identidad falsa, ¿no tendría más sentido hacer el bien porque realmente necesitas, o quieres, o te nace ayudar al otro?, ¿qué sentido tiene esforzarse en parecer que le importan los demás si no le importan?, ¿por qué le resulta atractivo? Hay todo un mundo de gente egoísta que no se esmera por ocultarlo, ¿por qué no pertenecer a ese mundo que naturalmente le pertenece a ella?, ¿por qué poner más esfuerzo en construir un personaje solidario que el esfuerzo que pondría en ser realmente solidaria?

Tal vez mi madre pregona en un camión su falsa bondad por las calles de Málaga porque en este hospital su exhibición sólo sería vista por algunos doctores y unas cuantas enfermeras, es poco público. Además, a mi madre le gusta la calle. Salir. Y nosotras estamos encerradas.

***

La que me enseñó a cocinar fue mi abuela. Mi madre era experta únicamente en la receta de una salsa muy antigua, que utilizaron, entre otros pueblos, los romanos:

Si no se dispone de una pileta, se coge un ánfora con una capacidad de entre veinte y treinta litros.

Se escogen las vísceras y otras partes desechables de ciertos pescados azules, principalmente atún, morena, sardinas o caballa.

De los peces más grandes, se retiran los hígados, intestinos, huevas, lechaza (líquido seminal de los peces), garganta, sangre.

Los peces más pequeños se dejan enteros.

Hierbas aromáticas: yerbabuena, hinojo, eneldo, orégano, cilantro, apio... Estas pueden variar.

Grandes cantidades de sal.

Se procede a llenar el ánfora con esta disposición exacta:

Primero, como base en contacto con la terracota del recipiente, se coloca una capa con las hierbas aromáticas.

Segundo, los peces más pequeños (recuérdese: enteros).

La siguiente capa está compuesta por los trozos mencionados más arriba de los peces más grandes.

Se cubre con una capa gruesa de sal, que actuará como antiséptico para evitar la putrefacción bacteriana.

Se repite el orden de los ingredientes hasta llenar por completo el ánfora.

Se tapa el ánfora, que se deja reposar al sol durante una semana para que fermente.

Durante veinte días se remueve la mezcla hasta lograr su reducción, aunque el proceso puede durar varios meses.

El resultado final es el preciadísimo *garum*, una salsa más valorada que el mejor perfume en la época de los romanos.

Mi madre tenía una forma única de narrar su historia, como si fuera una receta que hubiera aprendido de memoria, tan sólo ponía una cantidad mayor o menor de condimentos, dependiendo de las circunstancias. Solía decir que cuando estaba embarazada de mí, a veces lloraba tanto que lo que comía en ese momento se volvía salado. Yo creo que en realidad mi madre es experta en la preparación de salazones antiguos para preservar su dolor. Mete sus tripas en un ánfora, preserva su amargura, deja que fermente y la abre de vez en cuando para que yo la huela. Pero no sé si ese dolor suyo existe también para ella o lo fermenta sólo para mí. En cualquier caso, el sabor de mi madre es amargo.

***

Mi madre es un sol que no calienta. No. Mejor dicho: mi madre es un sol que guarda su calor para los demás. Se esfuerza en brillar para otros. Cuando he necesitado, cuando he buscado, como un lagarto con frío, reposar en la parte iluminada de un suelo en primavera, la luz y su calor se han desplazado. Soy capaz de mover de sitio al sol, ¿por qué no llegué a pensar eso de pequeña? Considerar que tenía ese superpoder habría sido de algún alivio, siquiera como fantasía. Pero ninguna de mis fantasías fue capaz de engañarme: mi madre siempre fue un sol que, cada vez que yo me acercaba, me huía. Vuelve a mi cabeza la playa. La playa de mi prima. Esa playa que tira de mí –o eso creo, por la frecuencia hasta ahora inusual en que la pienso– para que entienda algo. En el castillo de mi mente, mezclo su arena con la arena de la playa donde muchos años después, hace sólo pocos días, me sobrevino el parto anticipado.

***

Las enfermeras te cuidan mucho. Parece que reposas sobre un nido de cables, esos tubos de mayor o menor grosor que ellas ensamblan como si fueran pájaros preocupados por mi cría. Lo hacen con gran destreza, como si en lugar de técnica, estudios, prácticas médicas, se dejaran llevar por un instinto que se remonta a las mujeres de las cavernas mientras conservaban la vida del fuego. Las enfermeras preparan el nido con ramitas por donde fluye oxígeno y cosas que no sé, al mismo tiempo que mantienen cálido como el útero de la primera madre el nido que te sostiene. Y tú también contribuyes, te dejas cuidar, que no es poco, sigues aquí. De acuerdo con la neurociencia, los pensamientos y los sentidos dependen sólo de una relación electroquímica entre neuronas. Pero yo te veo, con tan poca superficie de cuerpo, y pienso que eres toda alma. No será una analogía muy científica, y, sin embargo, por ahora tu propósito de vivir parece que pesa más que tu carne y tus huesos.

***

La bebé en la incubadora número tres acaba de llegar. No he entendido el motivo pero al parecer algo ha ido mal con el soporte respiratorio, y sus pulmones están colapsando. No quiero mirar, no debo mirar, pero miro. Sólo mueve su pecho. Sólo tiene energía para tratar de hacer llegar aire a sus pulmones, para respirar. Está bocarriba, y si no fuera por las piernas y los brazos, aunque inmóviles, parecería un extraño pez luchando por obtener oxígeno fuera del agua, las branquias abriéndose y cerrándose, en agonía. Su cuerpo está volviéndose gris, y está cubierto de sudor por el esfuerzo. Médicos y enfermeros, unos cinco, los mejores, y la mayoría conocidos, deciden sacarla de la sala con toda rapidez. No sé adónde la llevan pero no la vuelvo a ver. No pregunto. Aquí hay mucha más información de la que queremos saber, así que las preguntas están de más. Pero sí pienso que, si en este momento te da una crisis, vas a necesitar a parte del personal médico que se ha ido con la otra bebé. Y deseo (que me perdonen) que todo termine pronto para ella, de cualquier manera, con tal de que sea cuanto antes.

***

Las auxiliares de enfermería limpian las paredes acristaladas del exterior de tu incubadora con sumo cuidado. Se diría que lo hacen en equilibrio, o como si estuvieran sujetas por un arnés que les permite no caer mientras limpian los ventanales de un rascacielos. Casi se diría que limpian la incubadora como si fuera tu piel. Alejan el polvo mediante caricias.

Estos cuidados, este esmero por no molestarte en lo más mínimo, me recuerda a esa parte de la doctrina jainista en India que desde hace siglos se esfuerza por no agredir a ninguna criatura viviente, incluyendo a los insectos. Algunos de estos ascetas barren el suelo mientras caminan, con cepillos de cerdas muy suaves, para apartar cualquier hormiga o pequeño escarabajo sin hacerles daño. También usan mascarillas para no dañar la vida de cualquier insecto volador. Mi pequeña bebé, te protegen como si fueras tan vulnerable como las alas de una mariposa en la India jainista.

***

Son las cinco de la mañana. Todo sigue tranquilo en estas aguas. Pero no puedo dormir. He soñado algo y tal vez ese sueño que no recuerdo me ha hecho despertar recordando un libro que me impresionó hace años. Era de un chico suizo que estaba muriendo mientras lo escribía. He googleado y he encontrado el principio del libro, que el autor de treinta y dos años empezó a escribir cuando le informaron de su enfermedad: "Soy joven, rico y culto. Provengo de una de las mejores familias de la orilla del lago de Zúrich. Tuve una educación burguesa y me porté bien toda mi vida. Por supuesto, también tengo cáncer".

El autor interpreta su enfermedad como una respuesta lógica al desarreglo espiritual de Occidente, como un síntoma que no tiene nada que ver con su información genética, casi como una causa más bien medioambiental: el cáncer como consecuencia de la exposición prolongada a una moral radiactiva y una forma de vida que sólo puede conducir a la muerte.

Un año después de la publicación del único libro de Fritz Zorn, una madrugada de verano en la isla de

Córcega, Vittorio Emanuele de Saboya, el príncipe italiano, disparó y mató, al parecer por accidente, a un joven de diecinueve años que dormía en un yate. El padre del joven, el doctor Ryke Geerd Hamer, enfermó de cáncer al poco tiempo de la muerte de su hijo, y también él identificó su enfermedad con un mal del alma. Por tanto, el doctor inició una teoría médica que consistía en que la cura física sólo es posible a partir de la resolución del conflicto espiritual. A raíz de esta teoría, muchas personas abandonaron sus tratamientos, muchas fallecieron, y a Hamer le fue revocada su licencia para ejercer la medicina.

Quisiera tener una explicación colectiva, excéntrica o no, para el estado en el que te veo. En cualquier caso, entiendo el vínculo entre la salud física y el bienestar con uno mismo. Yo misma acuso a mi madre de tu sufrimiento. Mi madre es tu enfermedad, mi madre es el mal de todos los occidentes.

Y, sin embargo, a veces me pregunto qué pasaría si un día, en semanas, meses o años, mi madre quisiera ser una buena abuela, y yo le diera la oportunidad, y comprobara que en efecto podría ser buena para ti aunque no lo fue para mí. ¿No debería entonces olvidar todo esto que escribo para poder darte una abuela? Pero ¿dónde acaba mi madre y dónde empieza tu abuela?

***

Mi mirada es como una mosca que no se separa del monitor que me muestra tus constantes vitales. Miro esa pantalla cuando no leo diez veces la misma línea del libro que nunca termino, o cuando no estoy buscando en Google información extra sobre algún detalle que no he llegado a entender por completo porque cuando el neonatólogo me lo explicó yo aún estaba tratando de entender el porqué de la última complicación, que tampoco entendí del todo porque asimismo estaba aún esclareciendo la penúltima explicación, y así sucesivamente. Sé cuáles tienen que ser los parámetros:

Ritmo cardíaco: 100/200 pulsaciones.

Temperatura: 36,5 grados Celsius/37,5 grados Celsius.

Saturación de oxígeno: 85/100%.

Los bebés prematuros necesitáis especialmente tranquilidad, y sois tan sensibles a los estímulos exteriores que, si por un motivo inevitable hay un ruido brusco en la sala, vuestra saturación de oxígeno disminuye drásticamente. Salta una alarma. Pero aumenta de inmediato y se estabiliza dentro de los parámetros normales si te digo cosas bonitas en un susurro o te canto suavito. Parece muy fácil hacerte feliz cuando veo estos números, pero también parece demasiado fácil que cualquier cosa te ponga en una situación crítica, que dejes de respirar por un simple ruido.

Como una mosca. Mi mirada, en la pantalla, es como una mosca porque estoy posada también en estas líneas del libro que leo, desde hace dos días. Dos días entre estas líneas y la pantalla con tus constantes vitales:

> Me estaba molestando una mosca. Yo la espantaba, pero ella volvía, así que la volvía a espantar.
>
> –Conque no, ¿eh? Vale, esperaré a que…
>
> Se apartó un poco y se posó sobre un perro muerto.
>
> –¿A qué? –pregunté.
>
> No contestó. Y yo no insistí, temiendo conocer ya la respuesta.[4]

IV

27 SEMANAS
825 GRAMOS

(La playa)

A la gente le resulta extraño que cuando voy a un hotel haga la cama de mi habitación, que limpie el baño, por qué molestarme, si para eso están las camareras. No puedo decir que sea solidaridad, no es que quiera aliviarles el trabajo –tampoco es que no me alegre hacerlo–, pero el verdadero motivo es que cuando entro en un lugar donde voy a dormir más de una noche, necesito hacerlo mío, mío como si fuera mi casa, y esto me ocurre en la habitación de un hotel, en mi oficina o en una tienda de campaña. Ahora, en esta misma sala repleta de bebés, miro a mi alrededor y cambiaría de sitio muchas cosas.

Cuando abro la puerta de la habitación de un hotel, se me agudiza el sentido del espacio, de las posibilidades del bienestar, de una arquitectura emocional. Veo plantas aunque sepa que no están ahí, florecidas junto a un gato que toma el sol en la ventana. Veo mi colcha preferida, y mi tetera de siempre sobre mi escritorio. No veo las maletas que he cargado durante horas de viaje y tengo que meter a rastras. Los armarios ya están organizados. Antes de que me haya dado tiempo a abrir la puerta del baño, el cepillo de dientes, el desodorante y las compresas ya están en su lugar. No veo una impersonal habitación de hotel donde otra persona a quien no conozco se hospedará cuando yo me haya ido, veo un hogar para mí, y para siempre. Obviamente estas sensaciones son parte de mí, una suerte de trastorno, tal vez, en el cual nunca me ha importado indagar porque no me ha perjudicado. Pero en este momento sí me hace mucho daño, porque también miro esta habitación, que no es de hotel sino de hospital, y la habito como para siempre, aunque quiera escapar. Así de contundente es mi necesidad de arraigo.

***

Creo poder rastrear cuándo empezó a gestarse en mí ese afán por hacer mío cualquier lugar de tránsito. Cuando a los catorce años supe que iba a quedarme sin casa, empecé a pasar muchas horas diarias escribiendo compulsivamente mi dirección completa en pequeños trozos de papel. Había decenas de esos papeles por todas partes, como si el acto de repetir mi dirección pudiera redimirme tal como me redimía en la escuela, mediante el castigo de escribir cien veces mi pequeño delito. Mi madre se había ido a cobijar bajo las alas de mis abuelos maternos, en una ciudad distante y en nombre de la depresión. Voló, sin embargo, con cierta alegría. Aquel año entendí que me había convertido en mi única cuidadora, y léase en las pocas palabras de esta frase las dificultades y la soledad que siguieron.

Hace poco un amigo me contó que poco después de haber vertido por el lavabo el agua de remojar las lentejas, vio que por los agujeritos del sumidero asomaba un brote verde. Una lenteja arrojada por descuido había echado raíces en las sombrías tuberías de un lavabo de Nueva York. Así soy yo, no es una voluntad de ocupar, es una voluntad de arraigar.

La primera vez que mi madre se fue, yo no era huérfana, era abandonada. ¿Han visto alguna vez las imágenes de un tiburón arrojado vivo al mar después de haberle cortado las aletas? Es un buen símbolo de soledad. Al entrar de nuevo en su hábitat, el animal intenta corregir su trayectoria de desplome hacia el fondo, pero no lo consigue; donde hasta hacía escasos segundos tenía unas aletas, ahora se ven unas ablaciones amoratadas, y sigue cayendo como un torpedo lento, hasta que golpea el suelo marino. Ahí permanece, con los ojos más abiertos y redondos, abre y cierra la boca mientras por sus hendiduras branquiales sale sangre como tinta diluida de manera intermitente, con algún mensaje al que nadie responderá. Así estará durante algún tiempo, entre la soledad, la parálisis y el hambre.

***

Soledad y hambre comparten una naturaleza similar: al igual que el hambre no es sólo la ausencia de comida por un día de ayuno, la soledad no es sólo la ausencia esporádica de compañía. Ambas significan un desequilibrio de químicos corporales, el desplazamiento del eje de uno mismo y para siempre, de modo que cuando por fin la comida entra en nuestro estómago o un abrazo estrecha nuestro cuerpo, ya tenemos dentro el virus de la ausencia. Es como el virus del herpes zóster, que no muere, sólo duerme, y un día, cuando sentimos que hemos comido bien y con los amigos de siempre, nos sale una ampolla diminuta en el costado, que se extiende como una culebrilla con muchas ampollas más, y bajamos la cabeza, y si fuéramos sinceros cuando nos preguntan el motivo de nuestra tristeza repentina en una cena tan cálida, tendríamos que decir: estoy solo. Pocos entenderían que la soledad nos entró tiempo atrás y no existen antivirales capaces de curarnos para siempre. El herpes se despierta con el sol, el astro sinónimo de la energía y la vida. La soledad puede despertarse en las mismas condiciones, cuando mejor estamos, por eso no depende de que en ese momento estemos solos o no, sino de cuál fue nuestro nivel de raquitismo afectivo en un pasado.

***

Día veinticuatro. En los días en que pareces estar estable, los doctores me dicen que salir me hará bien, lo que se escucha tantas veces y tal vez sea cierto, que sí, que sí, que debo cuidarme para cuidar de ti. Pero hoy salgo y la ciudad no me parece la misma; como no sé qué hacer, voy a la lavandería de nuestro barrio, lo suficientemente cerca del hospital para regresar rápido si algo pasara. Tal vez también he elegido la lavandería porque puede ser bueno para mí hacer algo mecánico, esos pequeños actos que dicen que te ayudan a sobrellevar una catástrofe mediante la concentración en gestos cotidianos, meditativos: la madre que hace cientos de grullas de origami mientras los servicios de rescate buscan a su hijo entre las ruinas de la central nuclear. Y aquí estoy, sentada frente a una hilera de lavadoras industriales de tres tamaños distintos y, tras de mí, otra hilera de secadoras. Las cuento. Cuarenta lavadoras. Treinta secadoras. Todas a lo largo de un espacio muy estrecho y largo, como un pasadizo de ojos alucinados.

No sé cuánto tiempo he estado mirando las ropas girar, de manera tan rápida que todas las lavadoras parecen contener prendas del mismo color. Finalmente vuelvo en mí y paso a otro grado de meditación menos estático. Cojo la ropa sucia que he ido acumulando en la taquilla del hospital durante la última semana. Elijo una lavadora mediana. Abro la puerta y me doy cuenta de que no tengo dinero suelto, sólo un billete de diez dólares. Me acerco a la máquina que te devuelve el cambio en monedas de veinticinco céntimos e inserto el billete. La máquina me lo devuelve. Me he equivocado, la cara de Alexander Hamilton en el billete tiene que quedar hacia arriba. Con lo feo que era, más valía ponerlo bocabajo, pero a la mierda, lo vuelvo a intentar. La máquina vuelve a escupirme el billete. Seguramente está un poco arrugado. Aliso las esquinas. Lo inserto de nuevo y esta vez sí llueven las monedas, que suenan como piedras de granizo golpeando la chapa de un coche barato.

Cojo las monedas una a una, no como siempre, que me lleno los bolsillos con dos puñados. Esta vez, una a una, despacio. Cuando me giro, advierto que la dueña, una señora de El Salvador, que nunca habla mucho pero es amable y siempre está muy pendiente del negocio, se ha dado cuenta. Se ha dado cuenta de que ya no estoy embarazada y de que es demasiado pronto para haber dado a luz. Me mira con más compasión que curiosidad, pero no pregunta nada. Esto es Nueva York. *Mind your own business.*

Regreso a la zona de las lavadoras. Elijo la número diez. Meto poco a poco las diferentes prendas. Antes solía sentir cierto pudor a la hora de que otros clientes en la lavandería pudieran ver mi ropa íntima. Siempre miraba a un lado y a otro, porque además siempre hay alguna prenda que se cae en el trayecto de la bolsa a la lavadora. Ahora ni siquiera miro si hay alguien cerca cuando saco de la bolsa mis bragas de postparto manchadas de sangre. Una, dos, tres, todas dentro. Aún sangro, las necesito. Luego un par de sujetadores que ahora me quedan grandes, un pijama azul con tigres amarillos del que me enamoré cuando lo vi, y que me compré pensando que merecía la pena para recibirte durante los primeros días juntas en casa; y poco más, alguna ropa de calle, alguna camiseta. En el fondo de la bolsa quedan otras prendas, y durante unos segundos me quedo inmóvil, pensando si lavarlas o no. Algunos paños que las enfermeras te han ido cambiando y que yo he guardado para olerlos y acariciarlos. Algunos calcetines y gorritos diminutos. Finalmente, decido meter todas tus prendas en la lavadora, junto a mi ropa, es como una especie de superstición, es como poder decir: Las voy a lavar porque vas a salir pronto del hospital y no necesitaré ninguna reliquia tuya.

Cuando termino de meter toda la ropa en la lavadora, cierro la puerta redonda como un ojo de buey que mira hacia el huracán y comienzo a echar las monedas, estos gestos mecánicos vuelven a tranquilizarme un poco. Por eso lo hago lentamente, sin importarme que detrás de mí haya una señora cuya impaciencia y desconocimiento de la situación la llevan a murmurar una especie de insulto que no descifro del todo. Miro hacia un lado y, por descuido, me veo en un espejo. Dios mío. No esperaba esa profundidad en el color malva de mis ojeras, este aspecto de mamífera callejera, demasiado delgada para estar recién parida, demasiado pálida para ser alimento. No, no parece que pueda estar en condiciones para que mi leche pueda nutrir a otro ser humano.

***

Justo cuando estaba observando mi desarticulación, mis formas desguazadas en el espejo, Katy me llamó por teléfono para que regresara inmediatamente. Por su voz sabía que no podía ser una noticia negativa, aunque tampoco imaginaba qué noticia positiva podría ocurrir. Aquí lo único positivo es que no ocurra nada negativo, y para eso no me iban a llamar con tanta premura. Pero claro, los ojos, cómo no lo había pensado. Habías abierto los ojos. Entré casi corriendo, sin decir nada, y te vi. Eran tan pequeños que no se apreciaba la parte blanca, sólo dos esferas diminutas, oscuras e intensas que hablaban. Yo no sé qué decían, MiNiña, pero hablaban. Tal vez decían: Ahora ya no puedo morir, o ahora ya siento dolor; yo no sé, yo no sé, pero en ese momento tuve la certeza de que lo peor había pasado. Las enfermeras empezaron a llegar, te miraban con entusiasmo, y tú movías tus brazos al aire como si hubieras notado el cambio; pero no sé, no sé nada, quién podría saberlo, sólo quería dejarlo por escrito: has abierto los ojos, y han venido muchas personas a celebrarlo. Ha sido tu primera fiesta. Tal vez, tu primer cumpleaños.

Te han salido dos ojos. Dos. Abiertos. Y en el lugar preciso. A mí me parecen los ojos del mundo.

***

Tu piel sigue pareciendo tan delicada como la de esos insectos plateados que habitan en las humedades, y que cuando los tocas se deshacen tras el más mínimo roce. Por eso las enfermeras retiran todos los aparatos de tu carita una vez al día, para asegurarse de que tu piel sigue en su sitio. Pero estás viva, estás. Y tienes ojos. Ojos abiertos. Es lo que me digo cada mañana, antes de abrir mis propios ojos en este sofá, a unos centímetros de ti.

El momento del aseo te disgusta. Darme cuenta de que algo te incomoda también ha sido un gran paso. Quizá ya lo hayas intentado antes, pero sólo hoy he comprendido que, sin poder hacer ningún gesto demasiado específico, sin poder emitir ningún gemido que pueda interpretarse, te comunicas con la segregación de un olor particular, muy intenso, que va dispersándose en la habitación como las esporas de un hongo. Cuando sabes que van a limpiarte, hueles. Hueles cada vez que no te gusta algo. Hoy la enfermera te ha pasado una pequeña venda por los labios y toda tú te has contraído. ¿No se contraen también las heridas que cicatrizan? Estoy contenta. Me permito estar contenta.

***

Durante los últimos días ha habido ocasiones en las que pensé que no sabía por cuánto tiempo podría seguir considerándote un bebé. A pesar de que ya han pasado más de tres semanas, a veces todavía no parece que te debatas entre la vida y la muerte, sino entre la muerte y la cosa. Por eso, si veo que los pañales están mojados, que tienen algo similar a la orina o a las heces, digo para mis adentros: Es humana, y es mi hija. Y eso ha pasado hoy otra vez. Todo son buenas noticias. Celebro tus deposiciones como un acto de vida.

***

Cuando mi bisabuela Dolores vivía sus últimos días, después de cada comida, le cuidaba la boca. Me vendaba un dedo y lo iba deslizando por toda la mucosa, limpiándole bien la lengua, las encías. Pasaba por los surcos donde antes tenía los dientes. Le estimulaba la saliva. Para que pudiera respirar sacaba el dedo cada dos o tres segundos, y continuaba. Palpaba las ulceraciones, conocía el tamaño de cada una de ellas. Cuando respiraba continuadamente por la boca, se le formaba una membrana que parecía que le tapaba la garganta. Era como la fina piel interior de una cáscara de huevo. Tiraba de ella y salía toda entera. Se disolvía entre mis uñas. Así me parece tu piel. Hay muchas cosas similares entre la nada prenatal y la nada después de la vida.

***

Debido a mi optimismo, hoy he querido presumir de ti, he querido enviarle a mi madre un mensaje de que te jodan, va a vivir, a pesar de ti, y es hermosísima. Y lo he hecho mediante una fotografía en la que apareces con tus ojos nuevos. Se la he enviado a mi tía Carmen para que ella se la envíe a mi madre. Sin embargo, me avergüenza algo que he hecho: he modificado la foto. Te he hecho los brazos y las piernecitas un poquito más gorditos. En parte es porque mi madre siempre ha juzgado mi físico, y yo soy tan tonta de caer en su juego y modificar incluso la foto de mi microbebé para que mi madre no te juzgue a ti. Ahora me arrepiento, porque es como la evidencia de que, en ese momento, para mí tenía más peso el hecho de que mi madre te viera más terminada de lo que estás, al hecho de defenderte tal cual existes. Mi madre todavía me importa, y detesto esta sensación de que, a veces, aún logre modificar mis conductas. Pero me perdono. Hoy es un día de celebración.

***

Me da miedo que cuando entra el doctor Truong en la sala, lo haga más por saber cómo me encuentro yo u otras de las madres, que por nuestros hijos. Me da pavor ese momento en que una se da cuenta de que el doctor o las enfermeras empiezan a convertirse en cuidados paliativos de las madres. Se nota en la manera en que se mueven, en sus miradas, en la forma en que se despiden del bebé pensando que no advertimos el cambio. Ese momento en el cual aún no pueden informarnos de la cercanía de la muerte, porque aquí no hay nada seguro, y los milagros ocurren con la suficiente frecuencia como para no anticipar el final definitivo. Hay resurrecciones. Cada día hay resurrecciones. Yo las veo. En ti, en otros bebés. Cada día.

***

Para terminar el día con una acumulación de buenas noticias, han decidido retirarte el respirador de alta frecuencia. La enfermera te habla con toda la ternura mientras lo hace. Es un gran paso hacia la libertad respiratoria. Veo cómo ajusta los controles del respirador, disminuyendo gradualmente la presión y la frecuencia de los ciclos respiratorios. El rugido del aparato se atenúa, y se despide con un susurro de aliento.

Ahora te ponen un dispositivo que se llama CPAP. Es muy pequeño en comparación con el anterior, y tan sólo hay que ajustarlo a tus fosas nasales y asegurarlo con un poquito de esparadrapo. Ya no hay ruido. Ya no vibras. Ya no tendrán que sedarte tanto. Veo cómo respiras prácticamente por ti misma. La enfermera me dice que poco a poco tus pulmones irán ganando fuerza y elasticidad. Cada aliento es una manera de entrenar tus pulmones. Eres una atleta prenatal.

Ya estás más cerca del aire del mundo.

Aunque durante mi embarazo no me pareció importante leer nada sobre cómo ayudar a mi cuerpo a parir, es evidente que te cruzas con informaciones que se te quedan grabadas. Una de ellas me sorprendió por la fuerza visual de su significado: todos nacemos prematuros.

Esto ocurre aunque nuestras madres logren llevar su embarazo a término. Me explico: al contrario de lo que suelen decirnos –tu cuerpo sabe lo que tiene que hacer, las mujeres llevan haciendo esto durante miles y miles de años sin necesidad de hospitales…–, el parto humano es uno de los partos más difíciles y letales que existen en la naturaleza.

Para poder ver desde cierta altura y poder utilizar las manos, los homínidos tuvieron que comenzar a caminar erguidos. De este modo, pudieron otear el horizonte, controlar mejor la caza, recolectar frutos, pero tuvieron que pagar un gran tributo. El camino hacia la postura erguida trajo dolores y problemas de espalda. El mayor cambio sucedió para las mujeres. Para poder caminar sobre dos piernas, el esqueleto homínido se tuvo que reconfigurar, y esto afectó a la pelvis, que se hizo más estrecha. Pero al mismo tiempo, el cerebro humano crecía, con lo cual la cabeza de los fetos era cada vez más grande. Se produjo un dilema obstétrico: dos fuerzas antagónicas tiraban de la pelvis de la mujer; por una parte su estrechamiento para permitirle andar erguida, por otra la necesidad de un canal de parto más amplio para poder parir a bebés con las cabezas más grandes. Los primates tienen un canal de parto prácticamente recto, pero el de las mujeres se distorsionó, tomando una forma curva que hace mucho más difícil el tránsito, tanto para la mujer como para el recién nacido. La muerte durante el parto se hizo más frecuente. La selección natural, en su sabiduría imparcial, se inclinó por comenzar a inducir los nacimientos de manera algo anticipada. Esta fue la respuesta evolutiva para asegurar mayor supervivencia tanto de las madres como de los hijos. Es decir, el bebé debía nacer lo suficientemente pronto para que su cabeza no fuera demasiado grande, esto es, de manera prematura. Y en efecto, sólo hay que mirar a un recién nacido para saber que es un ser absolutamente desvalido, en comparación con otros mamíferos.

"Todos nacemos prematuros", y esto te añade un mayor nivel de anticipación, uno extremadamente peligroso, un límite al que hace décadas nadie habría sobrevivido, y que hoy sólo es posible gracias a esa incubadora cuya función es suplantar mi útero. Has salido por mi canal de parto y has vuelto a un útero que no es mío. Y si hubieras nacido en un país poco desarrollado, ninguna de las dos estaríamos vivas. Como casi todo, la supervivencia prenatal depende de la geografía financiera.

***

Mi ginecóloga me aconsejó que dejara por escrito cómo me gustaría que fuera mi parto. Siempre había pensado en mi parto sin temor, como el final del miedo a la pérdida después de varios abortos, y no se me había ocurrido planear nada. Por algún motivo, era lo único que pensaba que saldría bien si lograba mantenerte durante los nueve meses, por ello tampoco asistí a ningún curso de preparación ni leí absolutamente nada. Pero ante el consejo de mi ginecóloga, tras informarme un poco, sí le envié ciertas preferencias:

Parto vaginal.

Parto no medicado.

Sin epidural.

Evitar, salvo en riesgo de vida o muerte, una episiotomía.

Evitar una cesárea a menos que sea absolutamente necesario médicamente.

En el caso de necesitar una cesárea me gustaría permanecer consciente.

Que mi madre permanezca conmigo todo el tiempo.

Libertad de movimiento mientras estoy pariendo (caminar, estar de pie, sentarme, arrodillarme…).

Evitar el uso de fórceps o extracción con ventosa a menos que sea absolutamente necesario.

Pinzamiento y corte del cordón umbilical retrasado, una vez que haya terminado de latir.

Me gustaría tener a mi bebé en contacto piel con piel tan pronto como sea posible.

Me gustaría amamantar a mi bebé tan pronto como sea posible después del parto.

Si los médicos necesitan separar a mi bebé de mi lado por cualquier motivo, me gustaría que la persona que acompañe a mi bebé y permanezca presente en todos los procedimientos sea mi madre.

El agua es muy importante para mí, si es posible me gustaría pasar gran parte de las contracciones en la ducha.

Me gustaría que las luces estén atenuadas durante el trabajo de parto.

Quiero utilizar un espejo para ver el nacimiento de mi hija.

Muchas gracias,
M.

***

Casi el cincuenta por ciento de los partos prematuros son idiopáticos. La mujer se pone de parto de manera espontánea y los médicos no pueden ofrecer una explicación segura de las causas que lo desencadenaron.

En cambio, yo tengo la certeza de que tú te precipitaste debido a un sobresalto, a la conmoción por un susto que me disparó mi madre, directo a mi vientre.

Esta idea se consolida en mi cabeza por la información que me proporciona el doctor Truong. Durante los primeros días tuve mucho miedo de preguntarle, de confirmar que posiblemente mi madre fuera la causante de nuestro dolor. Pero cuando al fin lo hice, él me explicó: el cortisol, la llamada "hormona del estrés", puede reducir la actividad de la progesterona en el útero. La reducción de progesterona como resultado del aumento del cortisol –estrés– provoca contracciones, por eso es común que madres con un elevado nivel de estrés se pongan de parto mucho antes de llegar a término, días, semanas o, como en mi caso, meses.

Por otra parte, cuando la adrenalina sube de un modo desmesurado, el cuerpo emplea todos sus recursos en sobrevivir, sacrificando un embarazo que no sabe si va a poder soportar, a favor de la supervivencia de la madre.

Pero hay algo más: el estrés acumulativo, el estrés que una persona vive desde su infancia y adolescencia, y permanece durante su vida adulta, acaba pasando factura. El estrés acumulativo disminuye la esperanza de vida, y del mismo modo afecta a la gestación. Una mujer de cuarenta años, físicamente sana y que no ha sufrido mayores problemas en su vida, tiene más posibilidades de llevar su embarazo a término y sin dificultades que una mujer mucho más joven pero que ha sido sometida a un estrés o trauma significativo desde su infancia.

Aquel día que volvíamos de la playa, mi madre, que siempre había sido mi estrés acumulativo, también se convirtió en un estrés puntual cuando me arrojó a una situación de pánico, de peligro, de tener que salvar mi vida y mi embarazo. Ocurrió así: habíamos ido a Fire Island, una reserva natural bellísima, en la que las dunas salvajes separan los cañaverales de la playa de arena blanca, por donde pasean los ciervos. Fue un día bonito, tomé el aire y el sol, me bañé, me tumbé en la arena caliente sintiendo cómo se secaba la sal en mi piel, estirándola desde una sensación agradable a otra levemente incómoda.

Al regresar, yo estaba un poco cansada y decidimos que condujera mi madre. A mitad del camino, no sé ni por qué razón, discutimos, nada serio, pero mi madre entró en su modo histeria, en plena autopista, una de las más peligrosas de Nueva York. Yo le pedí que condujera con cuidado. Lo siguiente que hizo fue coger una botella de agua que había en el coche, quitarle el tapón, metérselo en la boca y hacer como si se estuviera atragantando. Tosía, sin dejar de conducir, sin echarse a un lado de la carretera. Yo no podía tirarme del coche, obviamente, pero lo pensé. Sospechaba que tal vez sólo estaba actuando, pero aun así mi madre prestaba tanta atención a hacer que su atragantamiento pareciera real que dejó de fijarse en la carretera. Iba rápido, dio varios bandazos bruscos, otros coches le pitaron. Traté de mantenerme tranquila. Le di varios golpes en la espalda, escupió el tapón, le pregunté si ya se encontraba mejor, le di la atención que quería y se relajó un poco. Le dije que parara en la siguiente gasolinera, que necesitaba ir al baño.

En esa gasolinera rompí aguas. Tres meses y tres semanas antes de lo esperado.

Mi madre fue el estrés en el sentido más global de la palabra, las contracciones repentinas, la rotura de la bolsa. La separación del cordón que nos unía.

Siempre había reclamado su amor, tal vez incluso cuando tu cabeza asomaba por mi vagina sin saber si nacerías viva o muerta. Pero cuando, además de todo, se marchó, mi madre se convirtió en mi enemiga. No es que no quiera a mi madre. Es que me resulta imposible quererla. Y cuando un familiar cercano te hace tantísimo daño, no hay punto medio, es amor o es odio, aunque en realidad es siempre amor, amor en forma de odio, que es la peor forma de amar y de odiar.

***

Si no supiera que mi madre es mala, pensaría que es idiota. Antes creía que no era muy inteligente, por eso le perdonaba esos golpes que ella hacía parecer deslices, despistes, como si se tropezara inadvertidamente con una piedra, sólo que yo era la piedra y la caída al mismo tiempo. Pero desde que se metió el tapón de la botella en la boca e hizo como si se atragantara mientras conducía, y desde que, por si no fuera suficiente, se fue dejándonos en peligro de muerte, mi madre es sólo mala. O por lo menos es más mala que idiota.

***

Mi prima perdida en la playa cuando yo tenía unos seis años y ella sólo tres. Mi prima enterradita ahora en un cementerio de Sevilla. Su foto en la casa de cada miembro de la familia. La foto de una niña rubita, de pelo rizado, sonriente, regordeta. Siempre en el lugar más acogedor de la casa, pero nunca se podía hablar de ella. Yo lo aprendí muy pronto, la primera vez que pregunté algo. Era mi prima, sólo eso. ¿Y dónde estaba mi prima? Silencio. Después de aquel día de playa, nunca me dijeron nada.

Mi tía. Me llama mi tía Carmen. Mi madre ha recibido la foto. Tengo que perdonarla. Y por eso, al parecer, mi tía ha decidido contarme el secreto familiar, a cambio del perdón a mi madre.

Ella, junto con mi tío, había emigrado a Alemania en busca de trabajo, dejaron a mi prima Lucía de tres años y dos meses al cuidado de mis padres para que disfrutara de algunas semanas de verano en el sol de Andalucía. Un día toda la familia fue a la playa. Era una de esas playas de Huelva en las cuales, tras la franja de arena, se levanta un bosque de pinos que ofrecen frescor y esa mezcla tan especial del olor a resina junto al de la maresía. Mi primita conocía y disfrutaba de la playa por primera vez. Hasta entonces, nunca había visto el mar. Además de mis padres, estaban mis abuelos, mis primos mayores, dos de mis tíos y una tía. Todos la cuidaban, era la más pequeña y además tenían esa sensación de que debían hacer de su estancia en España una época placentera, familiar, antes de que regresara a Alemania, donde aparte de sus padres, no contaba con otra familia. Mi madre disfrutaba especialmente bañándola en el mar y, como siempre fue la mejor nadadora de la familia, todos confiaban en ella. Al parecer la pequeña estaba fascinada y le pedía un baño una y otra vez. Lo escribo tal como me lo fue contando mi tía, yo no recuerdo a mi prima ese día. Sí recuerdo un día de playa con todas aquellas personas de mi familia, pero no a mi prima. Recuerdo también a mi madre metiéndome en el mar, jugando conmigo, enseñándome a sumergirme cada vez que venía una ola grande. El caso es que mi tía me cuenta que, tras uno de esos baños, mi madre llevó a mi prima a la toalla para darle de merendar. Con tantos estímulos nuevos, con el cansancio –aunque placentero– que trae la fuerza de un baño en el mar, y con la barriguita satisfecha tras la merienda, mi prima se quedó dormida en los brazos de mi madre, acurrucada y envuelta en su toalla. Cuando mi madre despertó se dio cuenta de que ella también se había quedado dormida. Al no verla en sus brazos, quiso pensar que la tenía algún otro miembro de la familia. Pero ya debía de temer algo porque empezó a gritar. Acudieron todos, tanto la familia como otras personas que estaban en ese momento en la playa. Nadie sabía dónde estaba mi prima.

***

Curiosamente, cuando leo mi plan de parto, me doy cuenta de que muchos de mis deseos se cumplieron: fue un parto vaginal, no medicado, sin epidural, no me practicaron una episiotomía, no usaron fórceps… Otros requerimientos fueron imposibles: yo quería las luces atenuadas, un ambiente tranquilo, y en cambio tenía focos apuntándome hacia todas partes. Los médicos y las enfermeras corrían, entraban, salían. Mientras yo soñaba con un parto en penumbras y silencioso, tú llegaste al mundo en la situación de mayor estrés de toda mi vida. Por supuesto tampoco se cumplió el contacto piel con piel inmediato, pues te apartaron de mí, y como cuando llegué al hospital y me deslizaron por los pasillos en la camilla había oído "vamos a intentar salvarlas a las dos", yo temía que mi piel y tu piel nunca volvieran a unirse. Mientras se ocupaban de mí, yo preguntaba por ti, pero nadie me decía nada, sólo que tenía que estar tranquila.

En mi plan de parto me faltó añadir algo clave, algo peor que la episiotomía con que te cortan la piel y los músculos entre la vagina y el ano, peor que los fórceps, peor que los elementos más claros de la violencia obstétrica: lo que me faltó añadir fue una orden de alejamiento para mi madre.

***

Ahora que mi hija realmente empieza a requerir más alimento, mi leche es vital. Aunque tengo algo de leche, nunca pasa de un par de cucharas, debo incrementar la estimulación. Me han asignado una consultora de lactancia que además también es una de nuestras principales enfermeras. Ya había visto a algunas trabajando con otras madres, pero siempre me parecían como de una secta, recatadas y casi violentas en el modo de reclamar la leche a otra mujer. La consultora que me ayuda a mí, sin embargo, es muy diferente. Se llama Adrianne y tiene parte del rostro cubierto con tatuajes que no sé descifrar. Es muy suave en sus formas, cariñosa incluso, desde el primer momento. Se interesa por mi estado mental. Se sienta, me ofrece un vaso de agua, me habla de algunas cosas irrelevantes y conversamos sobre tonterías, un gran alivio. Luego me pide si le puedo mostrar los pechos. Me abro la bata y con cuidado empieza a masajearlos. Parece que tengo algunos conductos un poco bloqueados. Me pone unos paños calientes que huelen a bosque, a aceite de alguna hierba aromática, o más bien una mezcla de diferentes hierbas.

Me pide que me recline en el sillón y me relaje, mientras con los dedos índice y anular va ejerciendo movimientos circulares con una presión que ya no duele. Realmente siento como si mis pechos pudieran relajarse por primera vez, destensarse. Pasa media hora y es la primera vez, desde que estoy aquí, que por instantes he llegado a disfrutar de mi cuerpo.

"Vamos a recuperar la leche, más de la que te hace falta", me dice Adrianne. Me gusta su optimismo. Lo próximo que hace es retirarme un mechón de la cara y preguntarme qué me apetece comer. Qué me apetece comer. Es cierto. Hace días que casi no me alimento. Le respondo que una hamburguesa con queso y un gran vaso de leche. "Perfecta elección", me dice, "necesitas calorías".

Antes de irse, Adrianne me explica el proceso. Cada dos horas vendrá a mi habitación para llevarme a la sala de lactancia, donde, me repite, "lograremos mucha leche".

Me como la hamburguesa con un hambre que no sentía desde que ingresamos aquí. Luego cojo el vaso de leche, lo vuelco con cuidado en el contenedor de plástico donde caen las pocas gotas que me ordeña la máquina sacaleches y, como si fuera mi cosecha, le envío la foto a mi madre, con un mensaje: "Ya he recuperado la leche".

Es una mentira que, una vez más, me avergüenza por hacer evidente cuánto dependo aún de la aprobación de mi madre. Durante el poco tiempo que estuvo aquí siempre ridiculizó mis esfuerzos por recuperar una leche que, ella insistía, no iba a salir nunca. Pero, tras conocer la historia que me cuenta mi tía, ahora sí siento algo distinto, algo parecido a la comprensión, algo parecido a una disculpa, aunque leve, levísima, hacia mi madre. Un principio de otro sentimiento que aún no puedo definir.

***

Continúa la historia de mi tía Carmen. Una vez que estuvo claro que mi prima había desaparecido, se inició un gran dispositivo de búsqueda. No sólo los servicios de rescate, también todo el pueblo la buscó durante dos días y dos noches, por tierra, agua y cielo. Durante esos dos días hubo controles en la frontera con Portugal, pensando que tal vez, si no se había ahogado, alguien podría haberla raptado. Al cabo de esos dos días, la encontraron sin vida en el pinar. Estaba en un lugar por el que la policía había pasado varias veces, pero al parecer mi prima tuvo miedo y se escondió. Mi tía me ofrece detalles duros que parecen consolarla a ella por compartirlos conmigo: cuando encontraron a mi prima, tenía las uñas llenas de tierra por haber escarbado en busca de humedad, para paliar el calor y la sed. Sólo ahora recuerdo que sí hay una cosa que me dijo mi madre sobre mi prima: me contó que su cuento preferido, uno con el que estaba obsesionada y que tenían que leerle todas las noches, se titulaba "La niña perdida en el bosque". Mi madre me contó esto cuando yo era muy pequeña, y tal vez por eso siempre tuve miedo de tener un cuento preferido, temiendo acaso que atrajera mi muerte. Ese miedo persiste todavía hoy. Pero sólo hoy lo comprendo.

Seis años tenía yo entonces. Más o menos cuando yo recuerdo, año arriba, año abajo, que mi madre dejó de verme. A partir de entonces es como si desapareciera. Recuerdo perfectamente la diferencia entre ese antes y ese después, entre una madre amorosa y una que por momentos parecía que me odiaba. Era la culpa. Me cuenta mi tía que cuando alguien me halagaba en algo, mi madre, como para disculparse, decía: "Pero nunca será como ella".

***

Adrianne es puntual. A las dos horas vuelve. Me lleva a una sala donde en ese momento hay dos mujeres sentadas en dos de los seis sillones que hay dispuestos en fila. Es una sala destinada a esta única función, la granja del hospital, mujeres que nos enchufamos al sacaleches cada pocas horas para conseguir una cuantas gotas en cada sesión. Adrianne me explica cómo se hace. Es sencillo.

El proceso comienza con un zumbido sordo, justo cuando enchufo la máquina.

La máquina sacaleches es un objeto extraño y desconcertante, una creación que parece haber sido diseñada para extraer la leche materna de la madre de una manera inhumana. Antes de que me haya dado cuenta, los dos conos transparentes de la máquina ya están aferrados a mis pezones, como una criatura de dos bocas sin vida que se alimenta de mí. Otra vez tengo los pechos inflamados, me arden, así que la succión, que es fuerte, me duele muchísimo. Estoy agotada, me entran muchas ganas de vomitar. Esto no puede ser peor que una quimioterapia, pienso. Y si miro, el paisaje de mi cuerpo es grotesco, veo cómo los pezones se me estiran como dos o tres centímetros, los veo porque los conos son transparentes, podrían hacerlos opacos y evitar este espectáculo. Me siento prisionera de este insecto mecánico, esta figura dominante que acabo de conocer y que sin embargo ya está controlando mi cuerpo.

Al terminar el proceso, Adrianne regresa y analiza mi cosecha. Yo no veo casi nada, pero ella me muestra unas gotitas y dice: "Esto es oro para tu hija". Las otras madres me miran sin decir una palabra, una parece aún más desolada que yo, y la otra tiene lo que, según yo, es mucha leche. Mucho oro. Oro que duele como debe de dolerles a los mineros cuando lo extraen de la mina.

De nuevo el mismo pasillo. Regreso al sillón cerca de ti. Adrianne me dice: "Lo has hecho muy bien. Vengo otra vez dentro de dos horas". Me duermo, profundamente. Cuando Adrianne me despierta estoy a punto de decirle que no quiero el oro. Que no puedo. Pero no me salen las palabras. Hace semanas que no duermo más de dos horas seguidas. Me veo enchufada otra vez. Me tiemblan las manos al tratar de acomodar los conos en los pechos.

En esta ocasión, frente a mí, hay una mujer distinta, que me dice con una voz muy dulce: "Intenta relajarte. Si estás nerviosa o cansada, te será muy difícil recuperar la leche".

"Relajarme", dice. Pienso que esta mujer no debe de estar muy bien de la cabeza. Haber parido a un bebé prematuro no significa que no puedas estar loca o ser una ilusa o una idiota.

***

Creo que sólo quien lo ha vivido entenderá esto: hay pocas cosas tan humillantes como reclamar a tu madre que te quiera. Tal vez esta es una de las varias razones por las que no se puede verbalizar. No se le puede decir a una madre las cosas que se le diría a una pareja. Podemos arrastrarnos para que un hombre, una mujer, nos quiera, podemos suplicarle amor, caer en lo más bajo, tristemente o no, a veces lo hacemos, pero nada de esto es comparable a la humillación que trae el silencio con el que se reclama a tu madre con una voz que sólo suena en tu cabeza: "Soy tu hija, quiéreme". A lo más que he llegado ha sido (y sólo una vez) a gritarle: "¡¿Pero por qué no me quieres?!". Yo estaba en el sofá leyendo, y ella en un sillón, frente a mí. Justo en ese momento me sentía afortunada. Mi madre había venido a Nueva York por nosotras, la atmósfera era tranquila, te movías dentro de mí, y enfrente estaba esa madre con la que pensaba que podía reconciliarme, con quien me estaba reconciliando o incluso con quien ya me había reconciliado, porque los primeros días que estuvo en casa se esmeró en tratarme bien, y pensé que yo estaba dispuesta a olvidarlo todo, todo, con tal de que te quisiera. Y sí, estaba ahí en el sofá leyendo, o tal vez ni siquiera leyendo, sino con un libro en la mano, sintiendo tus movimientos y considerando que la vida me había dejado abrir el regalo que estaba enfrente, empaquetado al vacío desde hacía años: mi madre. Pero ella rompió el momento, la esperanza, y sin venir al caso, sacó una discusión muy antigua. Pensé que no podía ser. Ahí estaba otra vez mi madre. Era algo que solía pasar, no podía estar muchos días seguidos en paz conmigo, tenía que buscar el drama, y yo siempre estaba como si anduviera sobre cáscaras de huevo. Pero en ese momento verdaderamente no lo esperaba. Empecé a llorar, a llorar mucho, y fue ahí cuando le grité: "¡¿Pero por qué no me quieres?!".

Ella no me respondió. Se puso a llorar más fuerte que yo y se fue de casa. Era de noche, en Nueva York, un lugar que ella no conocía, una ciudad que justo en ese momento estaba revuelta en altercados de extrema violencia callejera por diversos motivos. Era otra de sus estrategias: no le bastaba herirme, sino que después tenía que sentir que me preocupaba por ella. La llamé sin cesar por teléfono, pero lo había desconectado. Salí a buscarla, sin saber a dónde. Incluso llamé a mi tía, su hermana, que estaba en España, por si se había comunicado con ella. Nada. Anduve con mis casi seis meses de embarazo buscándola durante horas por esta ciudad. No la encontré. Volvió a casa horas después, pasada la medianoche. Vi que encendió el teléfono, lo miró y se le iluminó la cara. Seguramente vio mis decenas de llamadas perdidas. De nuevo había conseguido mi atención.

***

Cuando mis tíos llegaron de Alemania, el personal del aeropuerto, teniendo en cuenta las trágicas circunstancias, dio permiso a parte de la familia para ir a recibirlos directamente a la entrada del avión. Mi madre estaba allí, y, cuando mis tíos bajaban por las escaleras, mi tía Carmen se desmayó.

Pasaron veinte años entre aquel desmayo y el perdón de mi tía hacia mi madre. Y, sin embargo, creo que a partir de entonces mi madre no perdonó mi existencia. Como si hubiera podido elegir entre la muerte de su hija o la de mi prima, y hubiera elegido la de mi prima.

***

Lo primero que sentí al salir del coche en la gasolinera fue un cosquilleo húmedo que me bajaba por las piernas. Los dos abortos previos que había tenido habían comenzado con esa misma sensación líquida desde las ingles. El baño estaba cerrado. No tenía tiempo ni me atrevía a andar hasta el interior para pedir la llave. Sin importarme la gente que iba y venía, me metí la mano en el pantalón, busqué mi vagina retirándome un poco las bragas, y me toqué con un dedo. El trayecto desde la oscuridad de mi ropa interior hasta el exterior, hasta mi vista, me pareció interminable. Pero no, al mirarme el dedo no estaba rojo, no era sangre, pero sí estaba muy mojado. Recordé un comentario del doctor: el líquido amniótico huele a cloro. Lo olí, y sí, tenía como cierto olor a lejía. Mientras mi madre reiniciaba su llanto histérico en el coche, pedí un taxi hasta el hospital. Había roto aguas y cuando llegué mi cuello uterino tenía cuatro centímetros de dilatación. En la camilla, cuando me llevaban aprisa por un pasillo, fue cuando lo escuché: "Vamos a intentar salvarlas a las dos".

Hoy estoy sola en la sala de lactancia y he encendido la tele por primera vez. En realidad es una especie de *tablet* que se despliega de un lateral del sillón, algo así como la bandeja de comida de un avión. Utilizo los auriculares no tanto para no molestar sino para aislarme. En las noticias hablan de una mujer de cuarenta y ocho años que ha sido asesinada en su casa de Springfield, Misuri, pero lo más llamativo es que buscan a su hija de diecinueve años. La búsqueda es urgente, pues la chica, que nació prematura, sólo puede desplazarse en silla de ruedas, sufre distrofia muscular, leucemia y asma. Además, necesita alimentarse por medio de una sonda gástrica. Si está viva, le urge atención médica inmediata. Pero me he perdido algo, porque inmediatamente después el noticiero anuncia que la policía la busca porque es la principal sospechosa en el asesinato de su madre. Aún no puedo definirlo muy bien, pero algo en esta historia habla profundamente de mí en estos momentos.

***

Con su huida mi madre se convirtió en una arteria que se me descolgó del corazón, y las últimas gotas de su sangre se escapan de mi cuerpo por el extremo de esa arteria, como la boca de una manguera que va perdiendo fuerza, desde el movimiento aparatoso y serpenteante hasta el estatismo final.

Hace diez años yo estaba con la mayor parte de mi familia materna en la habitación en la que estaba muriendo mi bisabuela Dolores. Todos la besábamos, la acariciábamos, le agradecíamos, pero ella no nos veía ni escuchaba. Ella sólo llamaba a su madre. A sus casi cien años de edad, mi bisabuela seguía necesitando a su madre, para morir. Tras el parto, y tras la proximidad de la muerte de MiBebé o de ambas, yo también necesitaba a mi madre. Pensé que en esta ocasión me acompañaría, e hice de mi deseo una intuición esperanzadora, y equivocada. Pero ¿podría querer yo del mismo modo a MiNiña si hubiera sido la responsable de la muerte de mi sobrina? Creo que sí. Pero, al mismo tiempo, no tengo derecho a afirmarlo, y, por momentos, también creo que no. La muerte de mi prima fue el ecuador entre el amor de mi madre hacia mí y su desdén. La playa. Aquella playa separa las olas de mi infancia de las rocas del infierno. Y para mi madre, aquella playa, y aquel pinar, soy yo.

***

Hoy no hay noticias sobre Gypsy Rose, la chica que supuestamente mató a su madre. Pero ayer sí me enteré por un breve programa de que la fundación Make-A-Wish –una organización sin fines de lucro cuyo objetivo es cumplir deseos de niños con enfermedades terminales– había concedido algunos años atrás uno de los deseos de Gypsy Rose: un viaje a Disney World. Por su parte, la organización Habitat for Humanity le había construido una casa rosa, su color preferido, adaptada a sus necesidades y con una elegante rampa. También vi unas imágenes en la que Gypsy Rose aparecía en un escenario, en una fiesta organizada como celebración para el premio Child of the Year. Está en su silla de ruedas con su cabecita sin pelo y muy pálida, pero con una gran sonrisa. Sobre sus piernas reposa en horizontal un osito de peluche. Gypsy Rose tiene un lazo rosa en un lado de la cabeza, un vestido decimonónico floreado y violeta, con un cuello-babero blanco, y unas gafas de pasta enormes. Sostiene un micrófono en su mano y canta con una voz muy aguda; desentona, pero no es su canto lo que más desafina, sino una voz demasiado blanca, demasiado infantil para la edad que aparenta. Cuando termina de cantar, su madre da las gracias al público y se dirige a Gypsy Rose para decirle que ha nacido para ser su madre. Su hija se lleva las manos a la cara y llora de emoción. Al final me entero de que en ese momento Gypsy Rose no tenía doce años, tal como su madre aseguraba, sino dieciséis, pero a excepción de su madre nadie sabía, ni siquiera ella, su verdadera edad.

***

Las noticias que vi ayer estaban desactualizadas, o tal vez el diazepam que me dieron excepcionalmente, debido a un ataque de pánico, me dejó dormida antes de enterarme mejor de la historia. La chica que al parecer asesinó a su madre ya está siendo juzgada. Las primeras imágenes que vi de ella fueron sin pelo. Ahora tiene un cabello largo y sano. Tampoco necesita la silla de ruedas, anda por sí sola, sin ningún tipo de asistencia, y su voz es más grave, más segura. Gypsy Rose sabe defenderse con la palabra.

***

Pollo en salsa
Almóndigas
Pisto
Bacalao con tomate
Alcachofas con jamón
Red curry
Menestra de verduras
Boloñesa
Solomillo mostaza
Puchero
Chicken Tikka Masala
Enchilada de carne (picante y no picante)
Lasaña

Esta es la lista que conservo en uno de los mensajes de WhatsApp que le envié a mi madre con las recetas que iba cocinando para que ni ella ni yo tuviéramos que preocuparnos por hacerlo cuando regresáramos a casa del hospital. Me esmeré incluso en la letra con que escribí el nombre de cada comida en las pegatinas para congelados. Todos esos recipientes de cristal que iban ocupando el congelador me brindaban una sensación de autoabastecimiento, de protección, como si me preparara para el colapso de los supermercados de la ciudad, pero también me enorgullecían, y cada día los contaba, con esa sensación de estar cuidando de mi familia. O tal vez, lo que hacía al cocinar no era tanto un acto de cuidar de mi familia como de querer crearla, con la alquimia indivisible de cada ingrediente, el gusto y la inclinación natural de mi madre hacia mí, de mí hacia mi hija. Tal vez cocinar era la única manera que encontré para construir un mundo en que, por una vez, aunque fuera por una única vez, pudiera sentir lo que significa pertenecer a una tribu.

Esa despensa de comida glacial me estará esperando cuando llegue. Tendré que comerla yo sola, o tirar algunas de las recetas que hice sólo a gusto de mi madre.

***

"¡Esa puta está muerta!".

"Cercené a esa cerda gorda y violé a su dulce e inocente hija. Gritó muy alto".

Es lo que apareció en la cuenta de Facebook de Gypsy Rose, esa cuenta en la cual hasta ahora sólo se mostraba a una niña con retraso cognitivo, cándida, infantil a pesar de su edad cronológica, apegada a los cuidados amorosos de su madre y dependiente de la caridad de diversas asociaciones y de sus propios vecinos.

¿Mató Gypsy Rose a esa madre que había renunciado a todo tipo de interés por sí misma y que aparentemente había vivido sólo para su hija? Al parecer sí lo hizo, pero no directamente, sino por medio de su novio.

***

Cuando le entregaron las cenizas de Dee Dee, la madre de Gypsy Rose, a su familia, nadie quiso cogerlas, y cuando le preguntaron a la hermana de Dee Dee dónde quería arrojarlas, esta respondió: "Al retrete".

***

"Te voy a encisternar".

"¿Y eso qué es?".

"Te voy a tirar al retrete y luego voy a tirar de la cisterna".

No sé qué edad tendría cuando me inventé esta palabra para amenazar a mi madre. Tampoco sé por qué quise encisternarla.

***

Yo tendría ocho años. Mi madre se había ido a trabajar, le tocaba horario nocturno. Mi padre y yo nos quedamos en casa. Antes de acostarme, me di cuenta de que mi madre se había olvidado las llaves en la mesa del comedor. No dormí, sólo me senté en el balcón a esperar a que mi madre llegara, muchas horas después, para poder echarle las llaves y que no sufriera el castigo de mi padre. No recuerdo que ella me protegiera de la misma manera.

***

Gypsy Rose aparece en un vídeo en el porche de su casa rosa. Desde la baranda, se tira a la nieve y, una vez en la blandura blanca, se agarra las piernas y comienza a arrastrarse como si no pudiera moverlas. Es como uno de esos vídeos de personas con problemas físicos o psíquicos que se muestran alegres y en las redes consiguen los corazones de miles o hasta millones de seguidores que aseguran que ese niño con hidrocefalia, con una cabeza tan grande que no puede sostener por sí mismo, es lo más bello que han visto en su vida; o que esa niñita que debido a un tumor tiene la cara como derretida en capas colgantes de piel debería ser modelo. Y nadie les dice que se vayan a la mierda. Nadie se interesa por ellos, más allá de esos seguidores que vienen a ser el equivalente virtual de los circos que antaño exhibían y explotaban a una mujer con tres pechos o a un hombre enano cubierto de pelo. También Gypsy Rose pasó desapercibida para todos, salvo para los *voyeurs* de la deformidad ajena.

***

En los informes médicos de Gypsy Rose constan las siguientes enfermedades, que su madre atribuye al hecho de que Gypsy naciera prematura: epilepsia, problemas de visión, retraso cognitivo (edad mental de siete años), reflujo, cuadriplejia, problemas auditivos, distrofia muscular, anemia, hipoventilación, asma, alergias, leucemia (desde los cinco años), incontinencia, enfermedad pulmonar, soplo cardíaco.

Pero Gypsy Rose es una joven absolutamente sana.

Puesto que todo el mundo creía, como su madre aseguraba, que Gypsy Rose tenía una edad mental de siete años, nadie nunca tomó en cuenta sus opiniones o peticiones de ayuda. Desamparada por sus médicos, familia, amigos, y por todo un sistema de servicios sociales y protección de menores, Gypsy Rose no encontró otra manera de liberarse y terminar con una vida de secuestro y maltrato que acabar con la vida de su madre. En la cárcel se sintió libre. En la cárcel empezó a recuperar peso. En la cárcel pudo caminar y comer como casi todo el mundo, por la boca. La sonda gástrica le fue retirada para siempre. Su madre se había inventado todas sus enfermedades como una forma de control, y ella, desde pequeña, había aprendido a creerlas. En la cárcel, Gypsy vio por primera vez el color y las ondulaciones de su pelo, ya nadie le rapaba la cabeza.

¿Cuál es la diferencia que provoca el sufrimiento entre una madre que tortura a su hija para que no crezca y así poder cuidar siempre de ella, y la de una madre que tiene una niña a la que siempre consideró adulta o inexistente? Al menos Gypsy Rose lo sabe, y lo dice, frente a las cámaras: su madre la quería. Ella sabe que su madre, desde su enfermedad y desde su locura, sí la quería. Es mucho más de lo que yo puedo decir.

***

Cuando me quedé sola, por un tiempo viví en una casa donde la puerta de entrada no se abría o se cerraba. Para entrar era suficiente levantarla un poco y apartarla. No todo era desafortunado: mientras mis abuelos empollaban a su polluela adulta, mis amigos me permitieron seguir creciendo bajo la calidez de sus plumas adolescentes. A veces dormíamos hasta cuatro en mi pequeña cama. Pero al final del día, en las fiestas, los cumpleaños o simplemente en la rutina de una cena tras otra, estaba sola. Si una noche no llegaba a casa, nadie me buscaría hasta que pasaran unos días y, en cualquier caso, la primera persona en hacerlo no sería nadie de mi sangre.

***

Las cosas mejoraron en muchos sentidos, pero pasa que, de tanto sentir la soledad, acaba por cronificarse, ocupa todo el espacio, el que vemos fuera y el que cargamos dentro, nos excluye en la esquina de un cajón de la última habitación de nuestro propio cuerpo. A veces pienso que gesté a MiNiña con los mismos planos con los que se construye una habitación, y con los mismos materiales con los que se acomoda un nido, saliva y barro, como hacen los vencejos. Tal vez para mí ser madre era la única manera de tener una casa de la que nadie podrá desahuciarme.

Recuerdo un día en que, sin saber cómo lidiar con las ausencias, salí a la calle y me senté en el primer escalón que vi. Me puse a llorar sin contención, como si nadie pudiera verme (¿acaso alguien me veía?). Una señora que pasaba por la calle se paró junto a mí, me cogió las manos, me levantó, me abrazó con mucha fuerza, mi pecho bien apretado contra el suyo, y se marchó. No dijo una palabra, pero la sintaxis fue completa e inolvidable hasta el día de hoy. Nadie como aquella desconocida me había ofrecido un consuelo tan real y directo.

***

Mi casa en Sevilla tenía siete balcones, no era una casa de lujo, simplemente el arquitecto había puesto esfuerzo en una construcción modesta pero estética. Mis padres la habían comprado como una vivienda de protección oficial, en un barrio, la Alameda, que por aquel entonces era uno de los principales núcleos de prostitución de la ciudad. Iba a una buena escuela, porque por el camino aprendía mucho. Caminaba media hora. Todavía en mi barrio, algunas prostitutas maduras charlaban sentadas en sillas de madera y mimbre. Me fijé en que a ciertas edades el vello púbico se cae, por eso ellas se lo pintaban. Si pudiera viajar en el tiempo volvería a sus casas para decirles que hoy está de moda la depilación integral. O mejor no, mejor volvería y les diría: Gracias por sonreírme como si no cargarais el lastre de tanto malnacido. Pero estaba contando que mi casa tenía siete balcones, todos con claveles rojos y geranios, y en la esquina había un cine de verano –el Cine Ideal–, cuyos diálogos cinematográficos resonaban en las noches siempre calurosas de mi calle, y cuya pantalla podía ver si subía a la azotea.

Allí comencé a ver cine. No tendría ni trece años cuando una vez, de vuelta a casa al salir de la escuela, un hombre paró el coche y me preguntó cuánto le cobraría. Luego vinieron muchos más, pero me acostumbré, porque mi casa tenía siete balcones, y un cine de verano en la esquina, y además, justo enfrente de mi habitación había una torre con las leyendas propias de una torre muy antigua: la torre de don Fadrique, una construcción del siglo XIII, abandonada, húmeda. Por la mañana me sobraban las vistas de las otras azoteas salpicadas por ropas tendidas como borreguitos en su mayoría blancos, pero cuando oscurecía, la torre lograba imponerse. Para mí no era medieval sino orgánica. Algunos días mi madre, cuando todavía me cuidaba y era capaz de ver la materia de mi presencia, subía a buscarme a la azotea y después de caminar unos cinco minutos nos metíamos allí, una construcción descuidada, solitaria. Yo indagaba cada rincón como si tratara de descubrir las heridas de un perro abandonado. Nadie cuidaba la torre por aquel entonces. Nada más entrar, de una de las paredes, colgaban unas gruesas cadenas. Nadie me negaba –porque nadie había– que el infante don Fadrique fuera torturado allí por amar a la mujer equivocada. Subía las escaleras de la torre con mi madre, nuestra presencia molestaba por igual a gatos y a ratas, y yo jadeaba de la emoción, porque sabía que al final me esperaba otra azotea, una azotea almenada, desde donde vería la de mi casa. El vientre de la torre reproducía con un eco mis jadeos, y es como si las madres, las hijas, los gatos, las ratas, las torres y los infantes de un pasado profundo respiraran acompasados. No había nadie que nos negara el ascenso mientras yo me asomaba por las saeteras y apuntaba con mis ojos a aquel pájaro de vuelo antiguo a quien sin duda envidió don Fadrique durante su encierro. No había nadie allí para decirle que una niña le estaba admirando desde un siglo venidero. Y después de las escaleras, la mejor parte: una especie de tronco delgado y altísimo con travesaños como ramas cortadas que nos permitían ascender, de nuevo, hacia el sol. Yo subía primero y mi madre me sujetaba los pies. Todo el mástil se movía, pero no sentía miedo: los barcos se mueven, los juncos se mueven, la espina dorsal se mueve, y allí no había ningún guardia para imponer precauciones absurdas. El guardia llegó después, lo vi en aquella primera visita a mi ciudad del año 2016, después de tanto tiempo. Habían instaurado un plan de conservación para la torre, el exterminio de gatos y ratas, los horarios, las visitas guiadas, la información del guía que yo no quise oír, porque para mí la torre fue mi torre mientras no hubo nadie que hablara por ella, con esas explicaciones que asumen que las piedras no saben explicarse. Para mí, el guía apagó la luz de mi torre, que durante tantos años, durante mi infancia, fue la lamparita que iluminaba mi habitación.

***

Mi madre no entiende que el único sentimiento de pertenencia que tengo cuando pienso en un hogar está en un armario de su casa. Allí guardo ropa, zapatos y recuerdos de cuando era pequeña, con los que obviamente no quiero viajar en las mudanzas de piso en piso alquilado: cientos de cartas, desde que tenía nueve o diez años, y también mis diarios. Sí, el armario tiene cosas mías, cosas que ocupan espacio. Mi madre ha estado años recordándome cuánto le estorban mis cosas en ese armario. Un único armario en una casa. Sueño con sacarlo todo de allí, con tener mi propia casa, con hacer hogar con mi hija, pero duele que mi madre quiera quitarme el único mueble que para mí simbolizaba algo de la familia, un sentido de pertenencia en su casa: un simple armario.

Tal vez debería existir una organización como Habitat for Humanity que concediera siquiera un trastero diminuto, o incluso un contenedor subterráneo, donde aquellos que nunca hemos sentido una casa familiar como propia podamos conservar nuestras cosas, nuestros recuerdos, porque a mí me da miedo sacar mis recuerdos del armario de mi madre, por si se pierden. Ese es otro problema. No quiero que se me pierdan los recuerdos si abro el armario y saco todo y me lo traigo al otro lado del Atlántico. En ese armario hay cosas que no están en mi cabeza, que mi cabeza no puede recordar por sí sola porque no quiere, y por eso me gustaría que alguien, mi madre en este caso, no sólo no lo menospreciara, sino que lo cuidara por mí. Tarea imposible.

***

Nunca había tenido pesadillas así antes del capítulo del tapón de la botella, pero ahora son recurrentes: golpeo a mi madre, pero los motivos de mi odio son extraños, lo hago porque no me quiere. ¿Se puede odiar a alguien porque no te quiere? Si el desamor de una madre duele es porque la amamos, entonces ¿cómo es posible que la odiemos? Ahí descubrí ese odio de una naturaleza extraña, como una bacteria hospitalaria resistente a los antibióticos, algo que nunca hasta ahora había sentido, el odio en su peor forma, el más letal para el emisor y para el receptor: el odio que viene del amor.

En estas pesadillas aparece la escena que ya he contado y sí ocurrió. Siempre, invariablemente, en todas mis pesadillas: volver de la playa. Ella conduciendo. La discusión provocada. Mi madre siempre vence por el drama. Esa es su estrategia. Mi madre cree que puede cambiar la realidad a su favor gritando y llorando. El tapón de la botella. Su tos como si se atragantara. La autopista. Mi terror. La gasolinera. Romper aguas casi cuatro meses antes de la fecha de parto. El taxi. El hospital. El vamos a intentar salvarlas a las dos. El abandono.

***

Dee Dee y Gypsy Rose llegaron a Aurora, Misuri, en el año 2005, después de que el huracán Katrina destruyera el apartamento donde vivían en Luisiana. Pronto se convirtieron en las dos personas más conocidas y queridas de la comunidad. Quién podría resistirse a una madre sola que ha apartado de sí hasta el más mínimo deseo individual para cuidar las veinticuatro horas a una hija con todo tipo de necesidades, y hacerlo, además, con un ánimo agradecido porque, como decía, era su hija la que, con su amor, la sostenía a ella. Tanta humildad, desinterés en sus cuidados o voluntades personales, en definitiva, tanto amor al parecer en estado puro.

Durante un tiempo vivieron en una casa de alquiler, hasta que la asociación Habitat for Humanity terminó de construir su casa rosa, con una rampa adaptada a las necesidades de Gypsy Rose. Recomenzaron su vida en una comunidad que las admiraba. Dee Dee sólo lamentaba que las aguas se hubieran llevado, entre tantas otras cosas, el historial médico de su hija Gypsy Rose. En Misuri los médicos continuaron los tratamientos que Dee Dee sostenía que su hija necesitaba. Le cambiaban la sonda gástrica cada cierto tiempo, le recetaban las decenas de pastillas que debía tomar para no interrumpir su anterior protocolo médico. Cuando la policía entró en el apartamento de Dee Dee encontró un enorme armario repleto de todo tipo de medicinas, cientos de botes, cajas, jarabes. Un armario mucho más grande que el que tengo en casa de mi madre. ¿Por qué tengo que envidiar a una niña que fue una víctima?, ¿por qué me veo comparando situaciones en base a los cuidados y la atención de una madre?, ¿por qué me enternece Dee Dee por los mismos motivos por los que su hija la mató? Todo me parece relativo, todo lo es, en realidad. Yo necesito alguna certeza. Tal vez si me dieran una orden seria, firme, militar, la cumpliría por el mero hecho de pensar que en esa orden estaría lo más justo:

¡Perdona a tu madre!

La perdonaría.

¡No perdones a tu madre!

Entonces no la perdonaría jamás.

¿Tan profunda es mi fragilidad?

***

La madre de Gypsy Rose la sometió a una operación innecesaria para extraerle las glándulas salivales. También le extrajo casi todos los dientes, y a la edad de dieciséis años Gypsy Rose ya tenía que usar dentadura postiza. Por las noches, la madre de Gypsy le administraba narcóticos a través de su sonda, y también durante gran parte del día, de manera que, a vista de todos, Gypsy Rose parecía flotar en otro mundo, desligada de la realidad en un balbuceo, con la cabeza inclinada hacia un lado de su silla de ruedas. Claro que parecía incapacitada. Pero la realidad que todos desconocían es que Gypsy Rose sólo estaba drogada.

***

Después de haber pasado la mitad de mi vida en un país extranjero (mejor dicho, después de *haber tenido* que pasar la mitad de mi vida en un país extranjero) se me empezaron a olvidar ciertos rasgos de Sevilla, mi ciudad natal. Ocurrió sin darme cuenta, y el descubrimiento significó para mí una tragedia. La cuna nunca se pierde, pero si no regresas de vez en cuando tienes que aprender a caminar de nuevo, a reconocer el sonido de tus pasos, el tacto del sofá que siempre estuvo en el salón con la calidez de un juguete de infancia. Cuando después de mucho tiempo paso unas vacaciones en España y tengo que recordar cómo se cambia la bombona de butano, o cuando en el barrio donde me crie me preguntan de dónde es mi acento, escucho que el médico le dice a alguien: Está perdiendo la respuesta cerebral de su ciudad. Entonces me miro los brazos y busco la vía que me conecta con el gotero, para quitármela, para responder: Doctor, ¿y usted quién se ha creído que es? Mi ciudad está aquí, la siento, late.

Pero no es tan fácil.

Sevilla. La última vez que fui no supe caminarla. Me perdí en lugares que había transitado muchas veces antes. Cuando quise recrear el camino desde mi casa perdida hasta el conservatorio en el que estudié piano durante ocho años –una ruta de no más de diez minutos– titubeé. Lloré. ¿Cómo podía ser? Yo pensaba que mi ciudad me esperaría para siempre. ¿Cuándo sucedió el punto de no retorno? ¿Hasta cuándo podría haber vuelto de manera que su mapa permaneciera intacto en mi memoria? Me sentí como una perra andaluza de ninguna parte. No regresar a tu tierra es como pasar mucho tiempo sin mirarte en un espejo: tu rostro no se va a desdibujar, tu personalidad tampoco, pero cuando vuelves a mirarte todo parece nuevo y lejano, remoto, todo lo que hay en ti parece corresponder a otra persona, ese es el problema: lo que no reconoces está en ti, por todas partes, en la esquina de tus huesos, eres tú, pero al mismo tiempo no sientes que lo seas.

***

Mi madre me ha herido innumerables veces. Tal vez bastaría que lo reconociera para aliviarme. Pero cuando alguna vez, en el pasado, le he pedido un reconocimiento, ella se alza como víctima. He usado el verbo adecuado: "alzarse". Levanta la voz, ella misma se hace más alta, más derecha, y alza también el volumen de su llanto que, a pesar de ensayar a menudo, no logra ser un llanto conmovedor porque no resulta convincente. Mi madre nunca vendrá a aliviarme con un simple reconocimiento de los hechos pasados. Tengo que dejar de pedírselo. Cada vez tiene menos sentido y sus respuestas son más histriónicas y estériles. La última vez que se lo pedí me respondió algo que nunca me había respondido hasta entonces: "Tu padre me daba una paliza cuando hacía o decía algo que no le gustaba, y yo lo repetía días después sabiendo que volvería a golpearme. Cuando te hago daño es lo mismo, no puedo evitarlo".

Claro, mamá, pero yo nunca te he golpeado. Yo soy la que lleva los golpes por dentro.

***

Ahora que conozco algo más de lo que pasó en aquella playa de Huelva, tengo ganas de llamarla y decirle algo como: Lo sé. Piensas que mataste a mi prima. No considero que la mataras, pero sí fuiste la responsable de su muerte. Tenía tres años y su madre fue la última persona en ver su cuerpo. Tuvo que viajar en un avión conociendo las noticias. Un avión hacia la muerte. De esto hace muchos años. Mi tía te perdonó. Sé buena con mi hija. Quiérela, y yo te perdono todo. Te lo perdono hasta el punto de que te dejaría ir a la playa sola con ella. A aquella misma playa de Huelva. A aquel pinar. Pero es mi única condición: ámala.

***

Hace unos días, mi amiga Claudia me contó una historia que me conmovió. Me pareció tan potente que me sorprendió que la contara como una anécdota sin demasiada trascendencia. En ese recuerdo de su infancia yo vi resumida gran parte de la mía. Su historia era más o menos así:

> Cuando yo era niña –contaba Claudia– y estaba en el colegio, era la más alta de la clase. Me desarrollé muy temprano y era de estatura casi como ahora, por tanto, me sentía un poco apartada del resto y fantaseaba con una mayor integración con los demás compañeros. Un día apareció una cucaracha en clase y un niño la cogió. Todos le aplaudieron, le halagaron por atreverse a coger a ese bicho con las manos. Después de aquello, pasé mucho tiempo rogando para mis adentros que apareciera otra cucaracha parar ser yo la que corriera a cogerla y recibir la admiración de mis compañeros. Esperé durante mucho tiempo. Finalmente, una tarde, apareció en clase una cucaracha muerta. Me apresuré a cogerla, la sujeté por las alas y exhibí mi proeza ante todos. Me insultaron y me llamaron cochina.[5]

Así fue parte de mi infancia, me la pasé buscando cucarachas para que mi madre se percatara de que yo estaba ahí. Pero no funcionó.

***

Casi todos los recuerdos que tengo hasta que mi madre cumplió treinta y dos años son buenos. Pero si esa edad, treinta y dos años, se me quedó grabada en la memoria es porque a partir de entonces yo empecé a pesarle. En aquel momento yo tenía seis o siete años, y no sabía que no le pesaba yo, sino las uñas llenas de tierra de mi prima. Las candelas de todo el pueblo buscándola durante dos noches. La merienda de peso infinito en el estómago tras el baño en el mar. La digestión eterna. Durante esa época, yo alcancé para mi madre la mayoría de edad. Debía cuidarme yo sola.

***

MiNiña, mira, aquí, traje de casa algo que escribí cuando era niña y que conservo con mucho cariño. La escribí con mi madre. Tenía pensado enmarcarlo para colgarlo en tu habitación junto a la primera carta a los Reyes Magos que tú escribas. En mi primera carta, yo les pedía tres cosas:

Una bellota gigante.

Castañas que se coman.

Un árbol que sea un poquito grande y un poquito chico.

Lo primero que me llama la atención es que no pedí juguetes (pero tú tendrás muchos esperándote). Seguramente ya para entonces había desarrollado una inclinación especial hacia el placer de comer (conocerás ese placer). Pero no de comer cualquier cosa, sino cosas que yo estaba acostumbrada a recoger del campo:

Bellotas gigantes: por mi experiencia recuerdo que, cuanto más grandes eran, más jugosa era su carne.

Castañas que se coman, porque muchas de las que cogía tenían gusanos. Las partía por la mitad de un bocado y ahí estaba: un pequeño gusano blanco retorciéndose. Esa es mi explicación de mi yo de hoy, mi yo adulto, de por qué especifiqué que debían ser castañas "que se coman", es decir, castañas que se pudieran comer.

Respecto al árbol "que sea un poquito grande y un poquito chico", imagino que era mi manera de pedir un árbol mediano, ni grande ni pequeño, uno al que pudiera subirme con facilidad pero del que si me caía, no me hiciera demasiado daño.

En el pequeño patio de nuestra casa hay una higuera. Sus ramas te están esperando.

***

Cuando era pequeña me corté un poco las venas de la muñeca y junté mi sangre con la de mi mejor amiga, que había hecho lo mismo. Me sorprendió lo fácil que salía la sangre en esa parte y entendí por qué es un método de suicidio. Hasta el día de hoy, esta amiga sigue en mi vida. Fue un acto simbólico que no tenía por qué forzarnos a un contrato de amistad de por vida, pero cumplimos el pacto con gusto, con cuidados mutuos, con sentido del humor. Fue una ofrenda.

Siento que mi madre ha roto un pacto de sangre. No lo sentí en su completa profundidad mientras me hirió, antes de ser madre, pero ahora, con su indiferencia hacia ti, así lo siento: ha roto un pacto de sangre que yo nunca rompería con una amiga. Ya no creo en el poder de la sangre genética, y sin embargo quiero creer, porque es otro de los nexos que me une a ti, porque debe serlo, porque quiero que lo sea. Mi madre me ha revelado la segunda mentira universal: el valor y la fuerza de la sangre filial. La primera mentira es la creencia de que los Reyes Magos existen, aunque esta, por supuesto, es absolutamente perdonable.

Aún creo en la noche del 5 de enero, aún mantengo esa ilusión, y, sin embargo, la de la sangre, la cabalgata que une a madres con hijos, a madres con nietos, se ha desvanecido. Los Reyes Magos existen, aunque no existan; la sangre de madre no existe, aunque exista.

***

Mamá, ¿tú sabes por qué tengo el período cada veintiocho días?

Dime…

Para expulsar poco a poco gran parte de tu sangre.

¿No me quieres?

Ya no lo sé. En cualquier caso, si te quiero, no será porque eres mi madre, sino a pesar de ello.

***

Cuando empecé a notar que mi madre me alejaba de ella, también comencé a hacerle preguntas que siempre iban dirigidas a medir cuánto me quería. Normalmente, mi madre respondía lo que sabía que yo quería escuchar, y lo hacía con una voz dulce. Claro que yo buscaba y rebuscaba el modo en que mis preguntas fueran más extremas, para asegurarme de que mi madre me quería por encima de absolutamente todas las cosas del mundo. Así que, evidentemente, acabé por formular una pregunta cuya respuesta me dejó triste:

"¿Darías la vida de todos los pájaros del mundo por mí?".

"De todos los pájaros del mundo, no".

***

A pesar de todo, mi madre estaba, estuvo presente de alguna manera, hasta mis catorce años, cuando se fue, y luego apareció un par de años más tarde y se presentó como amiga. Y como amiga, era de esas con las que a veces se podía contar y otras veces, la mayoría, no. Durante mucho tiempo no sentí carencias afectivas por parte de ella. Vivíamos a muchos kilómetros de distancia, pero yo iba a verla con cierta regularidad y era divertido, esa era la palabra. Estaba bien con mi amiga divertida.

Si a partir de sus treinta y dos años mi madre fue mi amiga, a los sesenta decidió convertirse en mi enemiga. Se volvió amarga, se enredó en disputas de familia, complicaba cualquier tipo de diálogo y comenzó a juzgar cada una de mis decisiones. Esa época coincidió con mi batalla para quedarme embarazada, así que para mí fue incluso más difícil. Mi dificultad para darle un nieto parecía alejarme de la posibilidad de que algo en ella volviera a brotar, verde, fresco, hacia mí; pero por otro lado estaba esa tensión que partía de su absoluto desinterés por tener un nieto. Cada una tensaba la cuerda por el extremo opuesto. Yo, para que me quisiera, y ella para hacerme saber que no necesitaba quererme. Ella, que, tal como lo entiendo ahora, enterró su instinto maternal en aquella playa, no podía compartir que yo pudiera tenerlo en un grado tan exagerado y, por tanto, ninguneaba mi sufrimiento, como si mi necesidad de tener un hijo fuera una suerte de daño que yo misma me imponía, una autolesión. Pienso en la llamada hipótesis de la abuela, que trata de buscar una posible explicación al hecho de que sólo las hembras de algunas especies muy limitadas (como la humana, algunos cetáceos) sobrevivan mucho más allá de su función evolutiva, es decir, mucho más allá de la menopausia, un proceso poco habitual en la biología, incluso en los mamíferos más cercanos a los humanos. Lo normal es que una especie llegue a ser tan longeva como su capacidad de reproducirse. Lo que propone la hipótesis mencionada es que la mujer vive mucho más años después de la menopausia para poder continuar su función reproductiva y la conservación de su ADN de otra manera: ayudando a sus hijos en el cuidado de sus nietos. Para ello es vital, evolutivamente hablando, que las abuelas quieran tener nietos y que los amen.

***

Recuerdo muchas quejas de mi madre, porque mi madre es en sí una queja. No sabe, no puede, no quiere enfrentarse al mundo en otro lenguaje. Quiere dar lástima, es su manera de situarse en el centro. Yo creo que quiere ser mi prima. Que quiere que el mundo le llore a ella porque los llantos nunca serán suficientes para que olvide lo que pasó, la vida que se le fue de entre los brazos por aquel descuido de quedarse dormida. A veces tengo pensamientos horribles que intento retirar de mi cabeza, pero ahora no me los quiero callar: tal vez mi madre necesitaba los golpes de mi padre para poder sobrevivir al recuerdo de aquella playa. En realidad, mi madre siempre ha necesitado al demente de mi padre aun muchos años después de haberse separado: lo ha necesitado para compararme con él e intentar herirme diciéndome: "Eres como tu padre". Sé que no es cierto, pero duele. Mi madre aún necesita a mi padre, para golpearme a mí, para golpearse a ella misma.

***

Cuando yo era niña, los días que a mi madre se le quemaban las lentejas, que no eran pocos, mi padre lanzaba el plato contra la pared. Yo no me movía de la mesa, y como si no hubiera pasado nada, decía: "A mí me parece que las lentejas están muy buenas". En realidad me resultaban incomestibles, pero las tragaba como podía para paliar la ira de mi padre. Tenía el temple de no inmutarme ante el golpe del plato lanzado por mi padre contra la pared. A veces pienso que si viviera un terremoto, sería capaz de permanecer quieta a pesar de los temblores, tal es mi entrenamiento sísmico. Soy buena, al menos en lo fundamental, pero cuando mi madre se marchó de este hospital y me inflé de ira contra ella, ya no supe si querría defenderla de cualquier cosa. No creí que hoy pudiera tragarme sus lentejas quemadas. Tal vez también yo las habría arrojado contra la pared. La violencia nunca está justificada, bla, bla, bla. Violencia es dejar a tu hija recién parida y en peligro de muerte y a tu nieta de medio kilo de peso en una incubadora, y largarte, y ni siquiera llamar por teléfono.

***

Qué ridículo me parece a veces el latín. Acostumbrada a que suela utilizarse como símbolo de erudición, o bien aún ejercitado por unos pocos, o bien como nostalgia por una lengua madre perdida, a veces encuentro en ciertas palabras una etimología latina que las rebaja, que les quita volumen y altura. Así, la palabra "lentes", proviene de la palabra latina "lenteja". Por lo visto alguien vio la similitud entre la curvatura de unas lentes y la de la semilla.

Mi interés por la nutrición me lleva, de manera intencional o casual, más allá de los valores nutricionales de cada alimento. Así, sé que el cultivo de lentejas se remonta al Neolítico, y que es una legumbre bastante resistente que tolera bien los períodos de sequía y condiciones de terreno muy diversas.

Por su alto contenido en hierro, son especialmente beneficiosas para el embarazo, así que cuando las cocinaba durante esos meses, alguna vez las congelaba para engrosar el número de víveres gastronómicos postparto. Además, debido a su contenido en fibra, favorece el tránsito intestinal, que también necesita una ayudita durante ciertos días en esos nueve meses. Una caca fácil, de buen tamaño y textura, no tiene precio cuando te sientes tan pesada que no sabes qué es feto y qué es residuo.

Y lo más importante: las abuelas cocinan lentejas. Siempre. Cuando cocinaba, pensaba que mi madre estaba a punto de ser abuela. Le gustarán las lentejas. Cuando las descongelara, sólo tendría que cocer un poco de arroz y añadirlo al plato para que las proteínas fueran completas.

***

Algunas de las quejas de mi madre eran recurrentes, como una alergia a una planta que no logramos identificar, venían sin saber cuándo ni de dónde. Mi madre estornudaba sus quejas. Esta era una de ellas: "Cuando parí, tu abuela me puso en la cama donde hacía pocos días había parido Laika".

Laika fue la perra de mi primera niñez, una pastora alemana que nunca se separaba de mí. Y por "tu abuela", mi madre se refería a la madre de mi padre.

Esa queja, que nadie más que ella sostenía como real, duró años. La estornudaba aquí y allí. Si yo tuviera que estornudar cada uno de sus desdenes no me daría tiempo a respirar y me desmayaría por hiperventilación.

***

Mis amigos sí me protegían, y las madres de mis amigos. Esa fue mi suerte y mi desgracia. Conocer a las madres de mis amigos. No eran como la mía. Eran madres, no se puede expresar de mejor forma: Madres. La mía no lo fue. Mis amigos me decían que mi madre era como una amiga, lo decían como algo positivo, pero a mí me horrorizaba. Cuando la madre de una de mis mejores amigas murió, demasiado joven, pensé que se había muerto la madre equivocada. Tal vez yo habría llorado la muerte de mi madre con el mismo dolor con que mi amiga lloró a la suya, pero en cualquier caso habría sido un dolor muy distinto: ella la lloraba porque su madre siempre estaba, yo la habría llorado porque la mía ya no podría tener la posibilidad de estar, siquiera una vez, en toda su vida.

***

Fue como si un pez alargado aleteara en mi estómago. Sólo un par de segundos. No podía ser. Según me habían dicho, era demasiado pronto para sentir tus movimientos. Pero al día siguiente se repitió, en dos ocasiones. Y al tercer día ya lo tuve claro: eras tú.

Cuando supe que estaba embarazada sentía gran necesidad de preguntarle a mi madre cómo era yo de pequeña, y todo tipo de cosas, desde cuándo se me iban a quitar las náuseas hasta si me movía mucho en su vientre. Ella no se acordaba de nada, salvo de una cosa que sí tenía muy clara: según ella nunca me moví, o nunca me sintió. Durante nueve meses. Nunca me sintió.

Yo creo que sí lo hizo. Tuvo que sentirme, a la fuerza, lo que ocurre es que tal vez me apartó incluso de sus sueños. Se ha comprobado que una de las funciones que tiene el acto de soñar es afianzar aquello que hemos aprendido durante la vigilia. Entonces, si no se sueña, se olvida. Los sueños de mi madre se quedaron en la arena, en el mar, pegados a la resina de los pinos de Huelva.

***

Una de las primeras noches en el hospital, desatendiendo los consejos médicos, cogí todo mi cableado, lo arreglé como pude para no enredarme, me levanté de la cama y entré en el baño. Miré la imagen en el espejo esperando encontrar –y no me habría importado– una versión irreconocible de mí misma. Pero allí estaba, la forma de mi cuerpo menos alterada de lo que habría esperado, las curvas no se habían borrado del todo, el vientre estaba apenas un poco abultado. Con los pañales desechables cubriéndome las caderas y el sujetador para el sacaleches que se pegaba a mis pechos inflamados mediante una banda elástica, no podía evitar sentirme como un animal herido, simplemente porque lo era. Pero también me sentí hermosa. Fue una sorpresa, un pequeño regalo que venía a aliviar esas horas tan sórdidas. Con mucho esfuerzo volví a la habitación y saqué de mi bolso el teléfono y un pintalabios. Regresé al baño, y frente a ese gran espejo, me saqué una foto. En efecto, me veía bien, bella, fuerte, más viva que muerta, mucho más. Cuando mi madre vino a visitarme, le enseñé la foto. Su respuesta me golpeó como una gran ola que arrasa la costa: "Es una foto de mal gusto y además no estás nada favorecida. Bórrala".

Ahí estaba de nuevo, mi madre subrayando o, en ese momento, más bien inventando, mis imperfecciones. Aunque pensara que en la foto no estaba bonita, una mentira bastaría para sanarme. Pero mi madre sólo miente cuando la verdad puede hacerte sentir mejor. Estaba muy grave, aquella podría haber sido mi última foto, y ella lo sabía.

***

Recuerdo un episodio peculiar, cuando menos. Cuando la primera pareja que tuvo mi madre tras el divorcio, la dejó, se sucedieron unos meses en que intentó ejercer sobre mí un control extremo. Fue poco tiempo, y al principio me lo tomé como un símbolo de que necesitaba mi compañía. Pero yo ya tenía veinte años.

Ya había sido abandonada hacía mucho y no sabía –ni quería– vivir sin libertad, con una madre que no me había puesto jamás hora de entrada o salida y trataba de imponérmela cuando ya era mayor de edad. Entonces comenzó a amenazarme con el suicidio cuando pasaba tiempo sin llamarla, o cuando la visitaba y me marchaba antes de lo que a ella le habría gustado. Uno de esos días en que sabía que cuando cerrara la puerta y me marchara escucharía sus amenazas de quitarse la vida, le dejé una nota sobre la mesa del comedor, con el siguiente mensaje: "Mamá, por si decides suicidarte, aquí te dejo tres cosas:

Un cuchillo

Lejía

Unas pastillas

Te recomiendo las pastillas. Creo que los otros dos métodos son más dolorosos".

Me marché llorando. Pero me marché.

***

Mi madre tuvo muchos novios, casi todos hirientes. Ahora entiendo que tal vez fue su manera de poner el reloj de su vida en modo no merezco vivir. Sólo el primero fue adolescente, pero por lo general, todos eran bastante más jóvenes que ella. Obviamente, esto no tiene nada de malo en sí, pero dice mucho del interés de mi madre por hacer que la dejaran, en una sociedad en la que, aunque en ocasiones se empeñe en defender lo contrario, los hombres jóvenes acaban dejando a las mujeres mucho mayores que ellos. Aunque los hombres casados le gustaban independientemente de su edad. Sólo me llevé bien con dos, el primero, su novio rumano, y uno de los últimos, cordobés. Cuando mi madre salía con el rumano yo tenía quince años, y me llevaba a unos grandes almacenes a robar prendas y artículos de lujo para después venderlos. Normalmente eran cosas que le encargaban por adelantado, es decir, algún amigo o cliente habitual veía algo que le gustaba y se lo pedía. Entonces íbamos nosotros y lo robábamos con todo tipo de técnicas que a mí me maravillaban por su astucia. Siempre fue bueno conmigo, siempre me trató con cariño y, además, en aquellos momentos a mí me divertía formar parte de esa criminalidad que no podría incriminarme porque yo era menor. El lugar donde robábamos era Puerto Banús, con sus enormes yates, con sus rusos millonarios saliendo con chicas menores de edad, con tiendas que exhibían en los escaparates sujetadores de dos mil euros. Tenía esa sensación de que quién roba a un ladrón tiene cien años de perdón. De hecho, aún la tengo, aunque esa es otra historia.

El penúltimo novio de mi madre era alcohólico. Un día, no recuerdo por qué, dio un puñetazo en la puerta del baño y la rompió, dejando un agujero cuya reparación aún se puede apreciar si te fijas. Al principio nos llevábamos mal, pero luego empezó a caerme bien. Era alcohólico pero también era bueno conmigo, y era sincero, me daba esa seguridad de que dijese lo que dijese no me estaba mintiendo. Mi madre nunca bebió, pero siempre mintió más de lo que hablaba. Una anécdota sencilla de explicar: cada vez que mi madre me veía después de haber estado un tiempo sin verme, me decía: "Te veo muy bien, estás guapa". A los seis meses volvía a verla y me decía: "Te veo muy bien, estás guapa, la última vez estabas hecha un horror". Y así sucesivamente. Siempre. Nunca podía creer en ella, ni siquiera en las cosas más nimias.

***

Cuando le dije a mi madre que Alex, otro de sus novios, la engañaba, y que lo sabía porque salíamos por los mismos clubes nocturnos y le había visto besando a diferentes mujeres, ella me dio una torta y luego se puso a llorar y a gritarme, me acusaba de mentirosa. Después se metió en la cama, la habitación estaba oscura, pero tenía la suficiente luz como para que pudiera ver cómo, en un momento, todo su cabello se humedecía, por el sudor, el estrés, el odio hacia mí o hacia él, o hacia los dos. Me gritó las cosas más horribles. Lo negó todo.

Durante meses o tal vez un año más seguí siendo una mentirosa ante sus ojos, hasta que un médico le diagnosticó a mi madre una enfermedad venérea que sólo su novio podía haberle contagiado. Tuvo que ser su vagina enferma la que me diera la razón a los ojos de mi madre.

***

Las pocas fotos que conservo de mi infancia están en ese armario en la casa de mi madre que tanto le molesta. Estaría en mi quinto mes de embarazo (de vacaciones en España) cuando ella, por una discusión, abrió el armario, cogió todas mis fotos de niña y las tiró por los aires con rabia. Yo me sentí tan poco querida, tan desvalida, tan odiada otra vez, que también con rabia cogí lo primero que tenía a mano, que era la impresora, y la tiré al suelo con todas mis fuerzas. Luego me encerré en el baño, sentada en el suelo, contra la puerta, y lloré sin parar. Mi madre se fue cuando me oyó llorar, no me ofreció ni una palabra de consuelo. Yo cogí inmediatamente el *doppler*, me tendí en la cama y escuché los latidos de MiNiña. Estaban acelerados. Me sentí culpable y me alegré de que mi madre se hubiera ido de casa, porque en ese momento la odiaba, la odiaba por hacer sufrir a mi hija a través de mí.

Mi madre no volvió en dos días. Cuando lo hizo, vino en modo víctima y me dijo que había tenido que dormir en la playa. En aquel momento yo aún no sabía qué significaba la playa para ella. Si lo hubiera sabido tal vez la hubiera abrazado. Pero ¿acaso recuerdo cómo abrazar a mi madre? Llevo tantos años sin hacerlo que sólo pensarlo me da pudor, timidez. Abrazar a mi madre se me presenta como algo casi incestuoso, o tal vez no es esa la palabra, pero es una sensación como de invadir el cuerpo de alguien de tu sangre que no quiere ni merece ser invadido. Abrazar a mi madre, ahora mismo y todavía, me parece como cometer un delito. Prefiero robar.

***

Es la segunda vez que estoy ingresada en un hospital. La primera, me ingresaron por una neumonía muy grave. Los doctores me recomendaron que llamara a mi familia. Llamé a mi madre. En ese momento ella estaba en casa de mis abuelos. Pensó que había colgado el teléfono cuando escuché que decía: "Que dice que está ingresada con neumonía. ¿Y qué quiere que haga yo desde aquí? Si se muere, ya me llamarán".

***

Yo tendría unos veintidós años. Ya estaba en Estados Unidos. Me había dado mi primer ataque de pánico y llamé a un amigo de la universidad simplemente porque no sabía ni siquiera lo que me estaba pasando. Recuerdo que me dolían los dientes, tanta era la ansiedad. Mi amigo lo detectó de inmediato y me pidió que le esperara en mi casa, vendría a pasar la tarde conmigo. Hablamos, me distraje, vimos una película, me tranquilicé. Para esa noche habían anunciado una gran tormenta de nieve, una de esas tormentas que hace que cierren la universidad durante una semana, cuando aconsejan comprar suficiente comida para los días siguientes antes de encerrarse en casa. Cuando se anticipan estas nevadas, los supermercados se quedan vacíos. Le pedí a mi amigo que se quedara a dormir, conducir hasta su casa en esas condiciones climáticas sería extremadamente peligroso. Como vivía al otro lado de Long Island, decidió que lo mejor era irse a su casa para pasar allí los siguientes días durante la nevada. Se fue. Yo dormí tranquila.

Transcurrieron dos meses, y un día, después de clases, le pedí a mi amigo que me llevara a casa. Cuando llegamos al aparcamiento vi que tenía otro coche. Le pregunté qué había pasado con el anterior, era un coche de segunda mano pero decente, cumplía las funciones básicas que los estudiantes requeríamos. Entonces supe que el día de la nevada mi amigo había tenido un accidente. Él no sufrió ningún tipo de daño, pero el coche quedó totalmente destrozado. Tuvo que comprar otro. No me había dicho nada para que no me sintiera responsable y por no aumentar mis inquietudes en aquel invierno especialmente gélido para mí. Ese día, a mis veintidós años, sentí lo que es el calor y la protección de una madre.

***

Después de varios abortos, esperé para anunciar mi embarazo. Primero esperé los tres meses de rigor que tantas mujeres respetan, esos tres meses en los que no te atreves a ilusionar a los demás, ni siquiera a ti misma. Pero cuando pasaron los tres meses, decidí guardar el secreto hasta la ecografía de los cinco meses, y así sucesivamente, y por miedo, fui demorando la noticia para familia y amigos, de modo que al final, como MiNiña se adelantó, pensé que había personas que ni siquiera sabrían de mi embarazo. La sorpresa fue que todos lo sabían. De hecho, mi madre había compartido fotos mías embarazada, en bikini, a pesar de que sabía que yo quería mantenerlo en privado. Pero mi madre siempre ha decidido si mis sentimientos son lícitos o no, si no coinciden con los de ella, son ilícitos y eso le otorga el derecho a herirme: "Qué tonterías tienes, esconderlo no tiene sentido. Si la pierdes, la pierdes, pero además el embarazo ya está muy adelantado como para que puedas perderla".

Ella siempre decide, por eso hace años que sabe poco de mí, años que no sólo no puedo confiar en ella, sino que le oculto hasta sentimientos o experiencias que compartiría antes con cualquier desconocido.

Cuando mi madre compartió esas fotos en el momento más vulnerable de mi vida, las compartió con un mensaje, el mismo que utiliza siempre que quiere ocultarme algo que me pertenece a mí, y sólo a mí: "No le digas a Marina que te lo he dicho".

***

Mi madre tiene un perro. Es una mezcla de pitbull y labrador, es grande, precioso, fuerte, buenísimo con las personas, pero muy violento con otros perros. Hace unos meses íbamos paseando con él, y mi madre llevaba en la mano la bolsa con la que acababa de recoger uno de sus enormes excrementos. Pasó otro perro, y el de mi madre se enfureció, se soltó de la correa y fue a atacarlo. Mi madre, sin saber qué hacer, se puso a golpear a nuestro perro con la bolsa llena de excrementos, que se rompió y empezó a distribuir su contenido por los aires y los cuerpos de quienes, tranquilamente, estaban tomando un café en una terraza con vistas al mar.

***

Cosas buenas de mi madre: hasta la muerte de mi prima, siempre fue divertida, cariñosa, buena. Me cantaba, me hacía cosquillitas, me llenaba la cabeza de todos esos pájaros que necesita la cabeza de todo niño. Era tremendamente imaginativa, dinámica, atlética. Y sí me quería.

***

Yo tendría unos diez años. Mi madre solía masturbarse mientras veíamos la televisión. Se metía la mano bajo el pijama y yo era testigo de los movimientos que trataba de disimular sin demasiado esfuerzo. Yo no sabía muy bien lo que hacía, pero cuando supe lo que es la masturbación rememoré aquellas escenas. No siento la necesidad de explicarme por qué no se iba a su habitación, y no siento esa necesidad porque creo que no me veía. ¿Podría culparla de masturbarse delante de una hija a la que no veía?

Tal vez sea casualidad, pero una de las primeras películas que mi madre me mostró, fue *El hombre invisible*, la original de 1933, de James Whale. Me impresionó especialmente la escena en que el hombre invisible, el científico Jack Griffin, que tiene la cara cubierta por vendajes, se enfrenta a la policía, que ha ido a arrestarle por no pagar su alojamiento. En ese momento, Griffin se quita las vendas de la cara, y cada venda que se retira se convierte en vacío, en aire: la nariz desaparece, los ojos desaparecen, toda la cara desaparece hasta que se queda en un cuerpo sin cabeza. La policía, ante el pavor de lo que acaban de ver, huye, y Griffin se desnuda volviéndose del todo transparente.

Tal vez mi madre me puso tantas vendas que, cuando se caían o yo me las retiraba, dejaba de verme.

Yo no sabía realmente lo que era tomar una decisión hasta que los médicos me arrojaron el destino de MiNiña sobre mis manos. Hoy me informan que necesita una transfusión de sangre, que la necesita pero que, al mismo tiempo, la transfusión en bebés de 27 semanas conlleva grandes riesgos. En el caso de que apruebe la transfusión, tengo que firmar un consentimiento. Los médicos no toman algunas decisiones por mí porque ellos mismos no saben cuál es mejor, por eso a veces tengo la sensación de que estoy firmando de qué manera quiero que mi hija muera: A o B, en este caso, en otros casos son decisiones que implican más letras del alfabeto.

El médico me dice que las transfusiones son necesarias para los bebés prematuros debido a que su cuerpo no ha tenido tiempo suficiente para desarrollar completamente los órganos y sistemas que permiten la producción de glóbulos rojos. Como resultado, sus niveles de hemoglobina son bajos, lo que hace que la oxigenación de su cuerpo sea deficiente, poniendo en serio peligro su vida. Por estos motivos, las transfusiones de sangre suelen ser frecuentes en estos casos, y con esto yo oigo lo que en realidad es: si decido dar mi consentimiento, no será la primera transfusión que le hagan. Este doctor, a quien no conocía, dosifica la información como un gotero lento, pero es lo que es, lo entiendo: ha dicho "transfusión" pero yo sé que en realidad quiere decir "transfusiones", y también sé que él sabe que lo sé, que el doctor sabe que no ignoro los ritmos con los que me comparte la información gota a gota, como si fuera a doler menos. O tal vez sí, tal vez sí duela menos, no por recibir mayor o menor cantidad de información de un golpe, sino por ese agradecimiento que puedo sentir al reconocer que el médico no sólo cuida de MiNiña, sino también de mis sentimientos.

Pero el gotero es el gotero, y debo conocer los riesgos de una transfusión de sangre a las 27 semanas de gestación:

Reacciones transfusionales debidas principalmente a un sistema inmunológico inmaduro. Estas reacciones pueden ser leves, como fiebre y erupción cutánea, o graves, como anafilaxia.

Infecciones que pueden ser mortales.

Sobrecarga de líquidos debida a la inmadurez de los riñones y otros órganos. Una transfusión de sangre puede aumentar el volumen sanguíneo y, por lo tanto, elevar el riesgo de una sobrecarga de fluidos.

La transfusión de sangre también puede aumentar el riesgo de síndrome de dificultad respiratoria, lo que puede dañar sus pulmones de manera permanente.

Debido a su bajo nivel de plaquetas y otros factores sanguíneos, MiNiña puede tener problemas de coagulación.

Y ahora, con esta información, tengo que decidir, yo sola. A o B. Y rápido. MiNiña necesita sangre. Ok. Elijo A: transfusión.

Firmo sin leer lo que he firmado.

Llega una enfermera. Puesto que las venas son extremadamente pequeñas y frágiles, para evitar insertar una aguja intravenosa, utiliza una lanceta y realiza una punción en el talón para obtener una pequeña muestra de sangre y verificar los niveles de hemoglobina antes de la transfusión. Se va. Vuelve. Le pide a otra enfermera que sujete con fuerza a mi hija. Inserta una aguja de diámetro mínimo en la vena umbilical. "Esta vena", me dice, "tiene la ventaja de ser grande y estar cerca del corazón".

He elegido A. Ni me había dado cuenta de que la sangre ondea en la bolsa que cuelga como una bandera sin país ni habitantes. MiNiña se pone, de repente, aún más pálida. ¿He elegido la opción correcta? Entonces el color empieza a cambiar a un tono algo más rosado, algo más saludable. Su respiración se vuelve más profunda, como si se tranquilizara antes de caer en el sueño. Sí, parece que he elegido la opción correcta. Por ahora. Eso es lo máximo a lo que puedo aspirar.

***

La sangre fluye a través de las minúsculas venas, llevando consigo una promesa de existencia renovada por algún tiempo más. Pero con cada latido del corazón, cada impulso del fluido vital, se eleva el riesgo de una sobrecarga de líquidos. Una carga demasiado grande para el cuerpo de MiBebé tan pequeño y vulnerable.

Las venas finas y frágiles luchan por contener el torrente sanguíneo recién recibido, y el líquido se acumula en los tejidos de su cuerpo, lentamente, pero con persistencia. Se puede ver cómo la piel delicada y translúcida de MiNiña comienza a tensarse, como si quisiera estallar bajo la presión de la sangre.

Cada respiración se vuelve más difícil, más pesada, y su pequeño cuerpo se esfuerza por mantener el equilibrio entre la vida y la muerte. La sobrecarga de líquidos puede llevar en un instante al fallo de los pulmones, al daño en el cerebro y a otros peligros inesperados.

A la llamada de la enfermera ante la evidente inflamación, acuden los médicos, que se apresuran a tomar medidas para aliviar la carga sobre el pequeño cuerpo, reducir la cantidad de fluido en su sistema. Pero el tiempo es un gran enemigo, y el equilibrio entre la vida y la muerte es una cuerda tensa sobre la que mi hija se tambalea.

Elijo B. Elijo B. Pero ya es tarde. Y tal vez tampoco sería mejor opción.

***

Lo he oído en varias ocasiones. Las enfermeras se lo han dicho a otras madres aquí: "Tu hija, tu hijo, te dirá, de algún modo que sabrás comprender, que es hora de despedirse". Llevo tanto tiempo en este hospital que conozco el infierno. Las madres solemos preguntarnos si no estamos prolongando el sufrimiento de nuestros hijos, y al final morirán de todos modos. Tenemos que decidir, sin ningún tipo de preparación médica, si preferimos que abran el cuerpo de nuestro bebé para una nueva operación a la que con muchas probabilidades podría no sobrevivir, o si nos atenemos a las consecuencias de no operarle, esto es: dejarle ir en nuestros brazos. Desconectar el cableado y abrazarlos por fin, libres. Dejarlos descansar. Pero no es tan fácil. He visto cómo algunas madres han decidido interrumpir el sufrimiento para siempre y han permanecido con su hijo en sus brazos durante días. Días en que su hijo no ha muerto. Días en que su hijo ha seguido viviendo sin ningún tipo de asistencia médica. Días en que, minuto a minuto, han rogado que muriera por fin para validar la opción que tomaron. Yo no quiero verme así, por eso siempre elijo la opción del sufrimiento para MiNiña. Que la abran, que la inflen, que la resuciten, que la invadan de vías intravenosas como si fuera una muñeca vudú repleta de alfileres. Todo, menos que me la pongan en mis brazos para verla morir y no muera durante días, y no muera, y no muera, hasta que lo haga, hasta que llegue tan tarde a su muerte que yo me pregunte durante el resto de mi vida si debería haberla dejado morir en el quirófano.

***

Me aferro a datos históricos, a lo que sea. Paul Denucé, un médico belga que vivió a finales del siglo XIX y principios del siglo XX, tuvo la idea de lo que sería la primera incubadora a partir de la observación de la naturaleza o, mejor dicho, a partir de la observación de una naturaleza controlada. Fue un día en que, mientras visitaba una granja, observó cómo las gallinas incubaban sus huevos en un ambiente estudiado y seguro. Desde tiempos inmemoriales ya se sabía que los bebés prematuros necesitaban una ayuda fundamental: calor. Pero no se había ideado un dispositivo para ello. Las madres envolvían a los bebés en mantas e intentaban darles calor con su aliento, pero la mayoría de los que eran muy prematuros no llegaba a sobrevivir más que pocas horas o días. Hay registros incluso de madres tan desesperadas que metían a sus bebés prematuros en el horno, a baja temperatura.

Paul Denucé diseñó la primera incubadora de la historia, una caja de latón de doble pared, una doble pared que servía para colocar agua caliente. Pocos años más tarde, el ginecólogo Stéphane Tarnier contrata a una criadora de pollos para que le ayude en el diseño de otro modelo más avanzado de incubadora. Esta consistía en una cuna térmica con un sistema de control de temperatura y humedad para mantener a los bebés prematuros en un ambiente cálido y seguro, algo más similar al del útero materno. La incubadora en sí estaba construida fundamentalmente con madera y cristal. Las paredes de madera tenían un espesor de diez centímetros. Había un compartimento inferior donde se colocaba el agua caliente, y uno superior donde reposaba el bebé. Además, en la parte superior de la incubadora había una cubierta de vidrio que permitía a los médicos y al personal de enfermería ver al bebé sin perturbar su ambiente. La cuna térmica dentro de la incubadora era un compartimento acolchado y aislado, que se calentaba mediante una bombilla eléctrica colocada en la parte inferior de la incubadora. Un termómetro en su interior permitía controlar la temperatura. También se podía ajustar el flujo de aire dentro de la incubadora para proporcionar una ventilación adecuada, y en una de sus paredes laterales había una puerta que permitía sacar al bebé en caso necesario.

Gracias a esta innovación, la tasa de supervivencia de los bebés prematuros del hospital para mujeres pobres en la maternidad de Port-Royal, donde trabajaba Tarnier, aumentó significativamente, y la incubadora se convirtió en un dispositivo médico esencial en la atención neonatal en todo el mundo.

***

La historia de Felicia Billings es un relato impactante que ocurrió en 1952 en Milwaukee. Hay tantas versiones que ya pertenece a la memoria colectiva. Lo que está claro es que esta historia es otro de los indicativos de que, efectivamente, las madres desesperadas metían a sus bebés prematuros en los hornos, con un instinto acertado de que necesitaban calor. Felicia fue una de esas bebés, nació con apenas novecientos gramos de peso, absolutamente frágil y vulnerable. Lo primero que hicieron sus padres fue correr a bautizarla, pensando que moriría en cuestión de minutos. Pero sobrevivió al bautismo. Entonces, al llegar a casa, la madre, sin saber qué hacer, la metió en el horno, a temperatura templada, y la sacaba sólo para alimentarla o acunarla. Felicia vivió una vida adulta sin ningún tipo de secuela.

MiNiña, en esta época, y en este hospital, y en esta incubadora, debe de tener más posibilidades que Felicia. Así que me reafirmo: que la abran, que la inflen, que la resuciten. Todo menos que me la pongan en mis brazos para verla morir y no muera durante días, y no muera, y no muera, hasta que lo haga, hasta que llegue tan tarde a su muerte que yo me pregunte durante el resto de mi vida si debería haberla dejado morir en el quirófano.

***

Anemia. Transfusión. Atún. Durante el embarazo apenas comí atún porque lo desaconsejan en la gestación debido a sus altas dosis de mercurio. Atún rojo, el mismo color de la ternera u otras carnes rojas, y que se debe al hierro, parte esencial de la mioglobina, una proteína que almacena oxígeno en los músculos. Lo sé por mis años de entrenamiento en natación, cuando la nutrición era parte esencial de mi rendimiento. Pienso que todo el hierro de este planeta proviene de las estrellas que mueren. Las mayores concentraciones de mioglobina se encuentran en el músculo cardíaco, el cual requiere superiores cantidades de oxígeno para satisfacer su demanda energética. Esto significa que en la muerte de una estrella está nuestro ritmo cardíaco, desde la tranquilidad en el sueño, a la aceleración en el amor o la guerra. ¿Tal vez si hubiera comido más atún MiNiña tendría una mayor reserva de hierro?

Los obstetras que se ocupan de la mujer embarazada ignoran, por completo, que todo o casi todo puede salir mal. Se ocupan de nosotras para parir bebés vivos y sanos. Nos tratan de acuerdo con situaciones ideales. Y sí, ya sé, lo del atún seguramente no tiene sentido. Pero lo de los obstetras, sí: en ningún momento nos preparan, siquiera con algunas pistas, para lo inesperado, para parir a un humano irreconocible o sin aliento. Deberían hacerlo, porque lo inesperado no es en absoluto infrecuente, sólo que lo hacen invisible.

***

La sobrecarga de líquidos en el cuerpo de MiNiña se manifiesta de diversas formas físicas que reflejan el peligroso desequilibrio que sufre su organismo. Los ojos de MiBebé, que ya se abrían mientras estaba despierta, presentan una leve inflamación, que indica la acumulación de líquido en su cabeza y cerebro, mientras que su pequeña nariz se muestra algo hinchada de una extraña manera, como si tuviera dos pequeños algodones en su interior (¿o tal vez se los han puesto y no he podido darme cuenta entre tanta celeridad?). La piel de su abdomen se muestra tirante y rosada, inflamada, evidencia del exceso de fluido que se acumula en los tejidos. Sus ojos, en este momento hinchados como cuando se ha llorado mucho, parecen buscar una solución, y yo la miro y le ruego que no me la pida a mí, que no la tengo. Su respiración se vuelve más trabajosa y agitada, como si estuviera luchando contra un peso demasiado grande, una viga de madera caída de quién sabe dónde. Además, sus pequeñas extremidades se sienten pesadas y rígidas al tacto, como sobrecargadas por la sangre y los líquidos que circulan por su cuerpo. Todo esto es un testimonio desgarrador del peligro que está enfrentando, y de la necesidad urgente de tomar medidas para protegerla y mantenerla con vida.

La sobrecarga de líquidos es una de las complicaciones más temidas y comunes de la transfusión de sangre en bebés prematuros, ya me habían advertido. A menudo se debe a la inmadurez del sistema circulatorio y linfático del bebé, que lucha por manejar el volumen adicional de sangre y fluido que recibe. Los médicos y enfermeras trabajan para asegurarse de que el tratamiento sea lo más efectivo y seguro posible, es decir, confirmar que esta era la opción correcta. Pero yo a duras penas puedo soportar esta visión de MiNiña convertida en un bulto hinchado.

***

Mi madre siempre tiene la manicura perfecta. Dice que le gustan sus manos, que todo el mundo las halaga. Va cambiando de color. Bien. Está bien. Yo, que me muerdo las uñas, a veces admiro esas formas que permiten ser pintadas. Sólo una vez en los últimos años he visto a mi madre con las uñas sin arreglar: durante mi embarazo, cuando le pedí que nos hiciéramos fotos para tenerlas de recuerdo. Como si lo hiciera a propósito, aparece en las fotos mostrando sus uñas: agrietadas por tantos años de pintura y quitaesmalte, amarillentas, rotas. Tal vez debí percibir su maleficio en aquel momento.

***

Hubo un episodio con rasgos similares al del tapón de la botella. Puede que esté equivocada y no fuera un intento por agredirme. No estoy segura, pero así lo sentí. Fue unos días antes. Estábamos también en la playa. Como era agosto estaba llena de gente, con una particularidad: a pesar del calor extremo, no había casi nadie en el agua. Aparte de que ese día había una marea de medusas, todos decían que el agua estaba helada. En un momento dado mi madre interrumpió nuestra conversación y dijo: "¡Me voy a dar un baño!". La gente la miraba desde la orilla. Y entonces mi madre, dirigiéndose a mí, me gritó desde el agua: "¡Métete, Marina, no seas tonta, está calentita!". Pero fui tonta, claro que fui tonta, y, a pesar de la mirada atónita de quienes la habían escuchado, decidí meterme en el agua. Efectivamente, la sentí gélida, pero al estar embarazada no sería la primera vez que mi cuerpo confundía el frío y el calor. Así que decidí confiar en mi madre –el agua está calentita– frente a las decenas de personas que la miraban como si estuviera loca. Sentí un *shock*, la respiración se me cortó, pero mi madre seguía diciéndome: "¡Vamos, nada, que esto te hace bien!". Y nadé, nadé, para que me hiciera bien y para entrar en calor.

Al salir del mar me vi los pies morados. Sentí miedo de haberle hecho daño a MiNiña. Me tumbé directamente en la arena, sin toalla, para recuperar el calor.

También me había picado una medusa, pero antes de calmar el dolor tenía que ocuparme de recuperar mi temperatura corporal y asegurarme de que MiNiña se movía. De repente: una patada suya, que agradecí, y otra. Patadas que yo reconocía, su modo de moverse dentro de mí era el usual. Estaba bien. A salvo. Pero ahora, sabiendo que las dos veces que su abuela la puso en riesgo ocurrieron en una playa, me pregunto: ¿quiso matarla ahí para redimir la muerte de mi primita?

***

Mi madre siempre ha dicho que cuando llora es capaz de hacerlo con un solo ojo para no incomodar a cualquiera que se encuentre del lado de su otro perfil. Es otra de sus letanías. Si no la veo, si otros no la ven llorar, es porque lo hace por el ojo opuesto a nuestras miradas. Según ella, sufre en silencio mediante un único lagrimal.

***

MiNiña, te voy a contar otra historia. Hace mucho tiempo había un gigante que se llamaba Polifemo. Tenía un solo ojo, y este estaba situado en el centro de su frente. Vivía solo en una cueva de Sicilia, donde pastoreaba a sus ovejas. Un día unas personas entraron en la cueva y Polifemo comenzó a comérselos, porque era un hombre al que la soledad le había hecho malo. Pero una de estas personas se ganó la confianza de Polifemo, lo emborrachó con mucho vino y, cuando el gigante se quedó dormido, los hombres cogieron una rama afilada, la calentaron al fuego hasta que quedó al rojo vivo y se la clavaron en su único ojo. Polifemo gritó y pidió ayuda, pero nadie le socorrió. Los hombres que le dejaron ciego lograron huir de la cueva al cabo de unos días, amarrados a los vientres de las ovejas del gigante, para que, cuando estas salieran a pastar y Polifemo las contara tocándoles el lomo como solía hacer, no advirtiera la presencia de los fugitivos en sus panzas. Finalmente, Polifemo murió en la soledad de la misma cueva, en oscuridad y tristeza.

Llorar por un solo ojo no es posible para quien tiene dos. Sólo alguien como Polifemo podría hacerlo: una lágrima, dos, tres, resbalando desde su frente, atravesando la vertical de su nariz, y después quién sabe hacia dónde. Pobre Polifemo, cuántas lágrimas para un solo ojo. Cuánto lloró por su ojo perdido. Su llanto era tan fuerte que se dice que las montañas temblaron.

***

Lo más lejos que llegué en mi embarazo fue contigo, hasta las 25 semanas, y todo iba bien. Todo iba muy bien. Los médicos aseguraban que todo indicaba que llegarías a término. Pero luego mi madre se metió en la boca el tapón de una botella, y al rato naciste tú. Y desde entonces sólo sabes luchar. Batallar. Yo no quise concebirte para la guerra. Yo tenía preparada para ti una casa llena de la paz que fui construyendo peldaño a peldaño. Hay una canción antibélica norteamericana de la Primera Guerra Mundial, se llama "I didn't Raise My Boy to Be a Soldier", en español dice cosas como estas:

> No crie a mi hijo para ser un soldado.
> Lo crie para que fuera mi orgullo y mi alegría.
> Diez millones de soldados se van a la guerra.
> Diez millones de corazones de madre deben romperse.
> Para una muerte en vano.
> ¿Quién se atreve a poner un arma en el hombro de un hijo?
> Las respuestas de cada madre a la guerra deberían ser:
> Recordad que mi hijo es sólo mío.

Pero tu abuela tenía que dañarme. El tapón de una botella en su boca. Así puso un arma en tu hombro. Por tu abuela sólo conoces la guerra. Por eso a veces sueño –y no quiero– que la golpeo. Que la golpeo tanto que, aunque sólo son sueños, ni siquiera me atrevo a describir aquí la magnitud de mis golpes. Pero es ella, es ella la que me metió en la guerra. ¿Quién si no iba a luchar en tu bando? Eres tan pequeña… ¿Quién daría, si no yo, la vida por ti y cubriría tu cuerpo para recibir las balas en el mío? Pero yo no quería, yo no quería. Yo no te concebí para ser un soldado. Yo te había preparado una casa y un cuerpo llenos de paz.

***

Yo tenía una amiga que me ayudó a crecer sana, y esta amiga tenía una familia que me protegió. La confianza era tanta que aun cuando ella no estaba en casa yo iba a la suya y sentía que realmente estaba habitando un espacio propio. Un espacio mínimo. Cuánta humildad en aquel hogar, qué pequeñísima su casa. El salón era apenas un cuadradito donde sólo cabía un sofá y, enfrente, un pequeño mueble con la televisión. La cocina era tan pequeñita como la del barco de un pescador pobre. Eran casas donde, antiguamente, vivían las familias en un único espacio que, con el tiempo, se compartimentó en salitas diminutas. Pero me encantaba estar allí. Podía llegar cuando quisiera, abría el frigorífico y comía lo que quería. Me echaba la siesta en la cama de mi amiga, me gustaba que me despertara al llegar.

Cuando me llamaron para decirme que mi amiga había muerto en un accidente, ella era aún más de la tierra que del cielo, no sólo porque acababa de suceder, sino porque todos los llantos de quienes la queríamos se acumularon sobre ella, haciéndola pesada, pétrea, detenida. ¿Quién puede volar con las plumas empapadas? Y aunque sus párpados cerrados estuvieron aún dos días más filtrando la luz de sus dos amaneceres, no me dio tiempo a llegar a su entierro. Las conexiones de los vuelos me fallaron. Ahí supe que el mundo no es pequeño, como dicen. Quien sostiene que el mundo es pequeño es porque no conoce la muerte al otro lado del mundo. No conoce el interminable trayecto, tan autónomo como una larga existencia, de quien tiene que viajar solo cargando ese dolor mientras los demás cargan –como si la vida estuviera en las cosas– sus maletas. Mientras su familia, nuestros amigos comunes la lloraban juntos, yo tenía ganas de dejarme caer en los aeropuertos, en los pasillos de los aviones, de exigir consuelo a cualquier desconocido.

Ahora invoco a mi amiga para que nos ayude. La más importante de todos mis muertos. Y la imagino mirándonos, risueña ahí donde esté, dejando que las bocas flotantes que se cruzan con ella le peguen un pequeño mordisco que les sabrá a lo que nunca comieron, el mejor pan, con el mejor aceite, goteado de sus pezones de olivo, y tantos otros alimentos que formaron su cuerpo precozmente, porque sí, esa debió de ser la razón de su muerte: hacer de ella y de sus carnes, siempre generosas, pasto de ángeles flacos. Qué otra razón puede una encontrar para explicar las muertes prematuras. O creo en algo, o se me van las fuerzas. La ciencia no me basta ahora. Incluso los médicos me lo dicen, siguen poniendo en mis manos decisiones que podrían salvarte o matarte, y que tengo que tomar creyendo que algo sobrenatural me ayuda, porque los médicos no saben, lo admiten, es imposible saber lo que pasará.

Después de la muerte de mi amiga, su madre abandonó la quimioterapia y murió a los tres meses. Dos meses más tarde, su tío, por no soportar tanta ausencia, se ahorcó. Fue una madre a la que todo el pueblo, sin excepción, quería, una madre que descolgaba perros de caza ahorcados en los árboles del campo, perros que los cazadores colgaban con una cuerda vieja cuando ya no les servían. Cuando podía, ella los enterraba, como si estuviera presagiando que esa era la única manera de poder enterrar al hermano que se ahorcó por ella. Los tres murieron de mi amiga.

La última vez que fui al cementerio vi todas las tumbas juntitas, una sobre otra, la misma familia. Cualquier desconocido que vaya al cementerio y vea sus nombres juntos pensará que fue un accidente de tráfico, que todos fallecieron por lo mismo, pero es que en realidad así fue. Todos murieron de mi amiga. Tantos años temiendo la muerte de su madre, ese cáncer que nos tenía a todos unidos en una lucha de esperanza, y al final ella fue quien decidió su muerte esa noche en que hizo una pira con sus medicamentos, en la casa del pueblo. A los tres meses la misma procesión que siguió a mi amiga, esa multitud de un pueblo entero, siguió a su madre. Fue la misma procesión, pero con un aliento menos. Eso sí que es darle una patada en la boca al cáncer. El amor, esa quimioterapia sin veneno.

Mi madre me comunicó su muerte, de pasada, al final de una conversación telefónica en torno a asuntos totalmente irrelevantes, y cuando le pregunté que cómo podía decírmelo de esa manera tan inhumana, mi madre respondió: "Hija, yo qué sé, la pobre estaba ya más muerta que viva".

***

Mi madre siempre me dijo que mi padre quería más hijos. Según ella, nunca utilizó un medio anticonceptivo porque mi padre se lo habría prohibido. Pero yo siempre lo dudé. En cualquier caso, en su versión, mi padre la llevó al médico para ver si había algún problema de infertilidad. Le hicieron las pruebas pertinentes y todo parecía normal. Según mi madre, el médico le dijo, cuando estaban a solas, que no se quedaba embarazada porque no quería, insinuando –mi madre, a través del médico– que su trauma con mi padre era tan grande que ella misma había sido capaz de volverse infértil, infértil sólo con él. Hoy pienso que omitió algo en su explicación: no quiso tener más hijos no sólo por mi padre, sino porque yo existía, mientras que la hija de su hermana estaba muerta por su descuido. Quizá yo fui la causa de la infertilidad de mi madre.

***

Poco antes de tu llegada al mundo, una amiga me había pintado la barriga como si fuera el planeta Tierra. Pero cuando te nacieron, este planeta pasó de ser una inmensa bola sobre la que caminaba, externa a mí, a ser una bola interna que me incluía a mí andando por ella sin saber que me estaba atragantando en mi propia garganta. Eso fue para mí el mundo cuando sobre él cayó tu nacimiento. El dolor es una mano que coge la panza de nuestro universo y la vuelve del revés, de modo que todos los desiertos con todas sus arenas, todos los bosques con todos sus árboles, todos los incendios con todas sus llamas dejan de estar fuera para hacer de nosotros un recipiente andante de páramos, de raíces, de incendios comprimidos. Tal vez el Big Bang fue un dios que explotó de sufrimiento, y así surgió la creación, con la muerte de su creador.

***

Una vez leí que para sacar adelante a un bebé micro-prematuro “hace falta un pueblo”. Me pareció un modo hermosísimo de explicarlo. Con esto se quería decir que, además de un inmenso equipo médico, hace falta una tribu, un apoyo familiar y de personas cercanas. Tan importante es un cardiólogo neonatal como un apoyo afectivo, y no sólo para la madre, sino para el recién nacido, que puede inclinarse hacia la vida o hacia la muerte dependiendo de algo en lo que no suele pensarse en estos casos: los arrullos, las palabras, la presencia de la familia junto al bebé. Según los estudios, este ingrediente afectivo marca la diferencia entre que un bebé quiera vivir o simplemente se deje someter a los cuidados médicos, que, por muy sofisticados que sean, no son suficientes sin el calor de una familia.

Durante mucho tiempo se pensó que un bebé prematuro sale adelante dependiendo de su edad gestacional, peso, complicaciones adicionales, estado físico, tipo de cuidados neonatales…, y no se le dio importancia a la parte afectiva. Hoy se sabe que los bebés que viven en incubadoras a cuyo lado siempre hay alguien hablándoles, leyéndoles un cuento o diciéndoles palabras en un tono sereno que ofrezca seguridad y amor, tienen muchas más posibilidades de sobrevivir. Los factores familiares y sociales resultan cruciales. ¿Y cómo voy a hacer yo, con mi alma rota y mis pañales y mi vagina hinchada y mis pechos doloridos para tener la fuerza y la palabra y la calidez y la presencia de todo un pueblo?

Al funeral de mi amiga, en el pueblo, asistieron ochocientas personas.

***

Durante muchos años busqué el reconocimiento de mi madre, traté de quebrar su frialdad, tal vez esperé que su edad de sesenta años comenzara a descongelarla por una suerte de cambio climático, pero mientras esto no sucedía yo tenía un temor constante: que, después de haberme herido tanto, yo tuviera que cuidar de ella en sus últimos años. Era un temor real y que perfectamente podría haber sucedido. ¿Iba a ser capaz de no cuidar a mi madre si se enfermaba o perdía la cabeza y me necesitaba?, ¿podría tener el poco corazón de no traerla a vivir a mi casa para cuidarla en la última etapa de su vida y despedirla como si la hubiera perdonado? Estaba claro que, pasara lo que pasara, yo tendría que cuidar de ella, y que para hacerlo tendría que comportarme como si el daño que me causó no hubiera marcado cada etapa de mi vida, muchas de mis decisiones, la de venirme a vivir a Estados Unidos, por ejemplo, poner un Atlántico entre nosotras, un océano, una diferencia horaria que me permitiera decir cuando me llamaba: Lo siento mamá, estaba dormida. Pero en realidad mi madre llamaba en pocas ocasiones, así supiera que yo estaba enferma o sola o necesitada de tantas cosas. En cualquier caso, la habría cuidado. Sin embargo, desde que MiNiña nació, ya no tengo ese temor. MiNiña me lo ha quitado. Que mi madre me abandonara en los peores momentos era una cosa mía, me hería a mí. Que haya abandonado a su nieta es otro nivel de dolor que no podré ni querré sanar, a pesar de conocer que existió una playa que por primera vez me hace todo algo más comprensible. Tengo el derecho a cuidar de mi hija con todo mi amor, sin exponerla a las guerras que mi madre busca sin motivo para matarse a sí misma. Sí, ya no tengo ese temor, esa responsabilidad ya no me corresponde.

No cuidaré de mi madre.

Seguramente, como dice el poema, "no la veré morir".

¿O sí?

V

29 SEMANAS
1100 GRAMOS

(Agujero en las tripitas)

Para mi segundo aborto, mi pareja en aquel momento y yo elegimos la casa del pueblo. No quise ir a un hospital, aunque preparamos todo por si teníamos que salir corriendo en caso de emergencia. Preferimos esperar en aquella casa apartada, como la perra que se retira a una caja para parir cachorros de gelatina inmóvil. Pusimos el colchón frente a la chimenea y esperamos a que llegaran las contracciones. Bajó el peso a mi vientre, como una red de peces indóciles, mecida por las corrientes internas de mi sangre, oceanografía prenatal que hacía sólo dos días no estaba sino en la forma de una vida suave y clemente. Por la temperatura supe que se había detenido, él me tocó y en un acto reflejo se alejó de mí, como si la muerta fuera yo, desconocida, y él fuera el vivo de otra mujer, una más fuerte que yo. Estaba fría, a temperatura mujer-ingrávida, pero aun entonces, con las coces de la despedida golpeándome, con la carne de nuestro hijo vuelta en contra de mí, empujé a su padre hasta el filo del colchón, metí la cabeza bajo la manta y busqué su piel. Le lamí la espalda ancha, toda, despacio, como vertiendo agua en un abrevadero, pero gota a gota; me esmeraba en la producción de saliva empujando mi lengua desde el reverso de los dientes hacia el paladar para volver a empaparla, y regresar a su piel como una esponja tibia. Le agarré el sexo, lo tensaba hacia la chimenea, hacia las ascuas, luego lo retraía, y otra vez hacia la chimenea, ya más largo, engrosado, ya con ese mismo gesto con que me había lanzado el hijo dentro. Él me recordó las indicaciones del médico: "Hay que evitar una infección". Me rechazaba por protegerme, o porque no entendía lo que yo estaba entendiendo. Un aborto, ¿dolor? Sí, mucho, pérdida que no recuperaré nunca, pero también más, yo sigo aquí. Goteaba de excitación, y no sólo eran las hormonas trastornadas, no podía ser sólo eso, ¿o tal vez sí? Él insistía en cuidarme, el rechazo me enfurecía. ¿Por qué se me presupone fortaleza para parir un hijo sano y no para excitarme mientras sobrevivo? Aquella noche supe lo que es el deseo, y vivir, y morir. No habría felicitaciones, ni regalos, ni (afortunadamente) conversaciones sobre el parto con las madres-madres, las que cruzan victoriosas la línea de meta y se permiten el sexo sólo cuando los puntos han cicatrizado. No habría leche, consejos, exámenes de buena mamá, no habría visitas, y por un momento me sentí liberada: no, no habría hijo, ya no tenía que sufrir la indecisión, el terror de tal vez sí o tal vez no. Entonces algo cambió también en él: sin aviso y sin ningún indicio de acercamiento paulatino se dio la vuelta, volcó su boca sobre mis pechos, hinchados porque aún ignoraban la pérdida, fue bajando la cabeza, sin demasiado cuidado me separó las rodillas, miró, vio la dilatación, yo vi en sus ojos mi hueco, ese hueco como si fuera un animalillo oscuro caído en un cepo. Apoyó su cabeza entre mis piernas y así se quedó un rato, sintiendo las contracciones contra sus sienes, ayudándome amoroso, amante, partero extraordinario, acompañándome en el parto de ese hijo que no llegó a saber lo que es el deseo, ni vivir, ni morir.

***

En general, los bebés muy prematuros pueden tener dificultades para hacer sus deposiciones por sí mismos debido a la inmadurez de su tracto intestinal y muscular. Por lo tanto, es posible que necesiten un método adicional para ayudarlos a eliminar sus heces. Ayer vinieron para estimular a MiBebé, frotar un poquito el ano con un hisopo humedecido en agua tibia, pero no funcionó, de modo que hoy han venido para insertarle una sonda rectal y facilitar la eliminación de las heces (caca, mierda –mejor mierda–, no me gusta este cambio en mi lenguaje, esta corrección médica y mundial, su tibieza). La han colocado de lado, han puesto un poco de lubricante en el extremo de la sonda para facilitar la inserción y la han introducido a través del recto. Una vez en su lugar, todo parecía funcionar, la sonda comenzaba a extraer la caca, la mierda (las heces), la mierda, la mierda, la mierda, suavemente y con cuidado. Luego han retirado la sonda despacio y la han depositado en una bandeja. Era extremadamente fina y estaba un poco manchada. Me recordó a un insecto palo. Desde pequeña había algo que me admiraba de estos animales: parecían requerir muy poco, por no decir nada, para poder vivir. Y había otra cosa que me inquietaba: en muchas ocasiones no es posible saber si están vivos o están muertos. La paradoja de un insecto palo no es su mimetización con el entorno, sino con la muerte y la vida al mismo tiempo. Eso me asusta ahora más que nunca al ver a MiNiña-bebé-palo.

***

Son las tres de la madrugada. Escucho pasos, ir y venir. Me despierto. Veo tres cuerpos asomados a la incubadora de MiBebé. Amanda, una enfermera que parece menor de edad pero cuyos movimientos revelan minuciosidad en su trabajo, me dice que la enfermera del turno anterior le ha dicho que ha observado una inflamación en el abdomen de MiNiña, y le ha pedido que le haga un seguimiento. Amanda lo ha confirmado y ha avisado al doctor Smith. Efectivamente, su barriguita está inflamada. Inmediatamente escucho voces: distensión abdominal, febrícula, diarrea, dificultad para respirar, letargo. Una radiografía abdominal lo confirma: enterocolitis necrosante.

***

Es el día de mi cumpleaños y a MiNiña se le han roto las tripitas. La enterocolitis necrosante es una complicación intestinal, una rotura en el intestino que amenaza su vida. La situación es esta: el intestino grueso está inflamado, cuando las bacterias de la comida llegan a esta zona aún inmadura, los tejidos se dañan y, en ocasiones, mueren. Resultado: un agujero en el intestino de mi hija. La situación es crítica y debe ser operada de urgencia. Su diminuta figura yace en la incubadora con varios hilos de vida conectados en cada extremidad, en el abdomen, de casi cada zona de su cuerpo pende un cable nuevo (ya me lo habían dicho, "un paso hacia delante, dos hacia atrás"), y no puedo imaginar cómo van a hacer para operarla con todo ese cableado. ¿Tendrán que desconectar algún soporte esencial?, ¿elegir entre cuál de todas las vías era la menos-más importante?, ¿y cómo van a abrir su barriguita?, ¿cómo?, ¿cómo se abre una barriga del tamaño de una rosa? Y luego, ¿cómo se trabaja con sus intestinos? Imagino los intestinos finísimos, como el cable de un auricular, y desde luego muy frágiles. ¿Qué tipo de manos va a poder operar tanta materia diminuta, casi indivisible? Pienso en esos niños explotados en tantas partes del mundo que trabajan día y noche en la confección de ciertas prendas o artículos que requieren de manos muy pequeñas, dedos muy finos. Pero a mi hija no podría operarla un niño. ¿Tal vez un médico enano?, ¿es descabellado pensar que los hospitales deberían contratar a médicos con manos diminutas para este tipo de casos?, ¿y por qué ya no veo tantas personas enanas –el término correcto es "acondroplasia", lo sé– como veía cuando era pequeña?, ¿los abortan? Hijas de puta todas las madres que abortáis a vuestros fetos enanos que tal vez, tal vez, podrían haber estudiado cirugía neonatal y obrar milagros en las tripitas de MiNiña. ¿Desvarío? Estoy agotada. Pero debo permanecer despierta, despierta, despierta para la operación, para recibir al médico saliendo del quirófano y adivinar por su cara las noticias antes de que pronuncie una palabra. Como en la guerra, es como en la guerra, una no oye el sonido de la bala que le atraviesa el cráneo, igual pasa aquí, la velocidad de las palabras que matan es menor que la de los gestos, las muecas de las malas noticias. Necesito estar despierta despierta despierta después de días sin dormir. Cocaína. ¿Por qué no venden cocaína en las máquinas expendedoras de los hospitales?, ¿o por qué no contratan a alguien que te muerda la lengua para despertarte? Cualquier cosa me vale, mucho mejor que este café aguado que, cuando tarda en salir, hace que me ponga a golpear la máquina con furia, porque necesito golpear algo. Necesito cualquier cosa que haga que no me pierda ni un segundo de la vida o de la muerte de mi hija, o de esa transición.

***

Mientras mi hija está en quirófano, yo estoy viendo en qué consiste la operación. YouTube me lo muestra. Quisiera no hacerlo, evitarme este dolor, pero es como descubrir en la habitación de un hotel un pequeño agujero que comunica con la habitación contigua. Yo miraría.

Lo primero que me sobresalta es que hay muchas manos. Si hace una hora me horrorizaba la imposibilidad de que una mano adulta no pudiera manejar los intestinos de mi hija, ahora me parece estar asistiendo a un experimento o ensayo clínico clandestino más que a una operación destinada a salvar su vida. Las luces apuntan al abdomen del diminuto ser humano, que tiene los ojos vendados, y su piel, antes traslúcida, ahora, bajo los focos, resulta transparente. La música del quirófano es siniestra: el chirrido de los instrumentos médicos canta un coro intercalado con la respiración entrecortada del bebé.

Los médicos empiezan a moverse a un ritmo distinto, el ritmo de intentar reparar el daño. El bebé prematuro, nacido a las 27 semanas de gestación según la descripción del vídeo, presenta la misma complicación intestinal que MiNiña, enterocolitis necrosante, una enfermedad inflamatoria del intestino que afecta principalmente a los bebés prematuros y que se caracteriza por la muerte del tejido intestinal. "Esta complicación puede ser mortal si no se trata adecuadamente" (esta última frase aparece en letras grandes en el vídeo que estoy viendo). La cirugía para tratar esta complicación se llama "enterostomía", y el primer paso consiste en hacer una incisión en el abdomen del bebé para acceder a los intestinos.

El procedimiento de enterostomía es considerado un procedimiento de alta complejidad en bebés prematuros debido a la fragilidad de sus órganos y la necesidad de suturas muy finas y precisas para evitar cualquier tipo de filtración (no estaba equivocada: necesitamos manos diminutas y cerebros inteligentes: enanos, enanos, malnacidas las madres que abortan a sus enanos). Los cirujanos tienen que trabajar con mucho cuidado y precisión para unir las secciones restantes del intestino y evitar cualquier tipo de complicación.

Durante la operación, el bebé prematuro está sedado pero su diminuto cuerpo se mueve ligeramente. Yo conozco esos movimientos, o alguno de ellos, es como cuando MiNiña se movía en el vientre con pequeños espasmos que yo identificaba con los momentos en que dormía. Ahora todos los fetos me parecen similares, igual que el sufrimiento de todas las madres.

Es el momento: los cirujanos abren la pequeña barriga del bebé con el cuidado de un artificiero neutralizando una bomba. Abren las capas de piel y músculo hasta llegar a la parte dañada, revelando los intestinos inflamados y rotos. Hasta yo soy capaz de darme cuenta: es evidente que están inflamados y rotos, un amasijo sin sentido. Cuanta más inflamación, más complicada resulta la operación, pues los intestinos pueden, literalmente, deshacerse en las manos de los cirujanos. Cuando encuentran la sección del intestino que ha sufrido necrosis y que necesita ser eliminada, realizan una "resección intestinal" (letras en la pantalla del vídeo), se retiran los trozos dañados de tejido intestinal, cosiendo con habilidad los extremos sanos juntos para restaurar la función intestinal. La pequeña figura es apenas un bulto bajo las sábanas, los médicos y enfermeras siguen trabajando para reparar el daño.

Al final del vídeo, el siguiente texto:

> La cirugía fue realizada en una sala de operaciones especialmente equipada para bebés prematuros y bajo la supervisión de un equipo multidisciplinario de especialistas en neonatología y cirugía pediátrica. La bebé prematura fue monitoreada de cerca durante toda la operación para detectar cualquier cambio en sus signos vitales, y se le administró una combinación de anestesia y sedantes para mantenerla inmóvil y evitar cualquier dolor o incomodidad. Después de la cirugía, la bebé

prematura fue trasladada a la Unidad de Cuidados Intensivos Neonatales para una vigilancia estrecha y la administración de tratamiento antibiótico para prevenir infecciones. Afortunadamente, la cirugía fue un éxito a pesar de tratarse de una complicación de extrema gravedad, gracias al arduo trabajo y dedicación de nuestros profesionales médicos.

Vídeo con final feliz. Pero MiNiña sigue en quirófano.

***

En cualquier caso, en nuestras circunstancias, los éxitos no son tales. En un bebé prematuro la vida gobierna un día, y al día siguiente la muerte toma el testigo en la carrera, y en las gradas estoy yo, gritando como una fanática para darle ánimos a la vida a la que ahora le toca alcanzar a la muerte, volver a tomar su testigo.

En un bebé prematuro la palabra "éxito" es algo así como los cinco minutos de gloria de incluso el ser más mediocre. Un altavoz magnifica ovaciones, aplausos, y luego va a su casa y se suicida, porque sabe que lo único que le espera es la depresión de siempre, crónica tal vez. Nunca más habrá una celebración por su existencia. Para un bebé microprematuro el éxito es sólo puntual, y cinco minutos de fama equivalen a cinco minutos más de vida. Y luego, ya veremos.

***

Un día, estaba con una amiga merendando en su casa y alguien llamó a la puerta. Ella se levantó a abrir, era el mejor amigo de su novio. No escuché ninguna palabra que diera la noticia antes de que mi amiga diera un puñetazo a una ventana y la rompiera. Luego se tiró en el suelo salpicado de esquirlas. Ella lo había visto en el rostro del mensajero. Su novio había tenido un accidente de moto fatal. Las palabras vinieron después, pero ya no cumplieron ninguna función informativa de la noticia, tan sólo los detalles de la muerte. Los detalles. Porque así suele ser: la velocidad de la palabra es menor que la de los gestos que la preceden.

El doctor Truong sale del quirófano. En su pelo impecable no se ha movido de lugar ni un mechón. Por su cara lo sé. Mi hija está viviendo, cinco minutos de éxito, y luego más, seguro más, confío. Ha sobrevivido. Está viva. Sus tripitas reparadas. Me levanto y abrazo al doctor, también sin palabras.

***

Amanda ha venido para darme una gran noticia: mañana, que cumples 29 semanas, van a comenzar el llamado "método canguro". Te van a traer desnudita, sólo con el pañal, y te van a poner piel con piel en mi pecho, de manera que tu oído repose sobre el lugar donde late mi corazón; para que recuerdes el sonido, ese concierto de una sola nota que terminó demasiado pronto para ti.

Al parecer está comprobado que esta calidez marsupial y esta música cardíaca complementan la tecnología en las unidades de neonatos de los centros hospitalarios de muchos países, optimizando las posibilidades de supervivencia y reduciendo el tiempo de hospitalización. Pero, curiosamente, no pienso en los canguros, sino en los elefantes. Las crías de elefante que han quedado huérfanas a causa de la caza furtiva no pueden dormir solas. En muchos santuarios sus cuidadores pasan la noche abrazados a estas crías bajo la misma manta, alimentándolas con un biberón cada tres horas. Es probable que en muchos casos la leche por sí sola no hará que logren sobrevivir si no se mezcla con un aliento que las haga sentirse seguras y queridas. Nunca he visto un elefante prematuro. Imagino que su piel no será tan fina. Un beso delicado no le crearía un moretón.

Estoy emocionada pero también tengo mucho miedo. Miedo de que mi cuerpo no sea tan eficiente como tu urna de cristal, al fin y al cabo, no fue capaz de protegerte del susto y mantenerte dentro de mí hasta que terminaras de formarte, mi pequeña niña crudita. También pienso en ese detalle: te traerán sólo con tus pañales. En casa tenía preparada ropa para ti, ropa para bebés que llegan a término, que nacen cuando tienen que nacer. Si sobrevives y puedo llegar a ponértela no será hasta dentro de unos tres meses. No es mucha ropa pero toda está bien elegida, cada pijama, cada calcetín o gorrito, todo ordenado en un armario sólo para ti. Te gustará. Tienes que vivir para vestirte. Entonces pienso en la compañera de habitación que tuve cuando entré aquí, en la cuna de los abrazos, en el cuerpo refrigerado de su bebé y en el microrrelato más triste de la historia:

"Vendo zapatos de bebé, sin usar".

***

Lo primero que me viene a la cabeza, después de la emoción de saber que voy a tener a mi hija en mis brazos por primera vez, es la desinfección, el protocolo que debo cumplir antes de poder tocarla. En mi caso, es más complicado. Desde niña, sufro de un trastorno obsesivo compulsivo que lleva años controlado, y con "controlado" quiero decir que no me quita la mayor parte del día y de las energías al cumplir con mis ceremonias de comprobación, como sí me ocurría durante la adolescencia. Me levantaba de la cama tantas veces para comprobar una y otra vez cualquier tipo de cosa que apenas podía descansar. Por el día esto tampoco cambiaba. Recuerdo una mañana en que me fui a la universidad y, como había estado organizando el frigorífico y en ese momento había adoptado un cachorro, en mi mente me empeñé en que podría ser que el perro se hubiera metido en el frigorífico sin que yo lo viera y por tanto muriera de frío. Volví a casa, entré, abrí la puerta del frigorífico. No estaba el perrito, porque de hecho podía verlo en su cama, bajo la mesa de la cocina, mirándome con las orejas tiesas. Salí de nuevo para mis clases, pero, a mitad de camino, pensé que no me había fijado bien, que estaba despistada, que tenía que comprobarlo de nuevo, y así regresé, con la misma rutina: abrir el frigorífico, comprobar que el perro no estaba dentro, mirar al perro, bajo la mesa de la cocina, y volver a decirme que todo estaba bien. Pero no, de nuevo, de camino a las clases, tuve que volver, y así tantas veces que ya en la última me quedé en casa porque no me habría dado tiempo de asistir ni siquiera a la última clase.

Mi manera de paliar mi trastorno pasó por diversos métodos, la mayoría personales, pero hay algo que aprendí y siempre intento mantener en mente: este trastorno, al menos para mí, es como cualquier adicción, la única forma de no caer es cortar con estos ritos, no levantarme de la cama ni una sola vez aunque esté convencida de que una fuga de gas hará saltar por los aires todo el edificio; no regresar a casa aunque piense que mi perro está muriendo de hipotermia dentro del frigorífico; no lavarme las manos cinco veces seguidas contando primero hasta cuarenta y luego hasta treinta y luego hasta veinte y luego hasta diez y luego hasta tres. Tengo que asegurarme de que cada vez que me lave las manos sólo lo haga una vez, porque de una a cinco, y a treinta veces al día, hay sólo un paso. El llamado *scrubbing*, ese estricto protocolo de limpieza que utilizan los cirujanos antes de una operación y que yo debo utilizar antes de entrar en la NICU, me ha devuelto la adicción a lavarme las manos, dentro y fuera del hospital, de manera exagerada. Aquí está el protocolo que me ha vuelto a enganchar en los bucles de mi mente:

Antes de entrar a ver a mi hija, el protocolo indica que debo lavarme las manos con agua y jabón, frotarlas durante al menos veinte segundos, incluyendo las uñas y las muñecas. Yo me las lavo durante sesenta segundos, descanso cinco segundos (tienen que ser exactamente cinco) y repito.

Luego hay que humedecer manos y antebrazos con agua caliente, y aplicar jabón antiséptico, no olvidando, de nuevo, las uñas y las muñecas, y hay que frotar durante al menos dos minutos, usando un cepillo especial para las uñas. Vuelvo a multiplicar el tiempo para el proceso.

Enjuagar con agua caliente.

Secar con una toalla de papel desechable.

Colocarme los guantes estériles.

El proceso completo puede llevarme una hora y, aun así, temo no llegar limpia al lado de MiNiña.

Sé que ya soy otra adicta del absurdo, que he entrado en la espiral de mi mente y que me va a costar mucho volver a un solo (uno solo) lavado de manos cuando regrese a casa. Aunque hay más garantías de que mi hija estará en casa conmigo, una cosa es segura ahora mismo: yo ya he alimentado al monstruo de mi trastorno, y sé que cuanto más lo alimento, más se agudiza, y si bien ahora me digo que lo hago para no contaminarla, una vez en casa sería capaz de hacerlo, aunque esté llorando de hambre, o sueño, o dolor.

Al llegar a casa la obsesión persiste. Me meto en la ducha y hago lo mismo con mi cuerpo entero. Como no quiero usar ningún tipo de crema que pueda perturbar la atmósfera de la sala en el hospital, mi piel se está resecando. Pido que cualquier religión que llame a la limpieza antes de la oración venga a protegerme. El agua como purificadora es importante en muchas religiones. Necesito el gran milagro politeísta, y siento que se está cumpliendo: un dios de mil bocas compasivas ha besado la diminuta frente de MiNiña.

***

Tu cuerpo en mi pecho, tu piel en mi piel. Siento tu peso, pensé que no lo sentiría, pero lo siento, y es el peso justo para presionar de manera que yo también me sienta protegida. Has vuelto a mí. Me miras y me agarras una mano. Con fuerza. Tienes fuerza. Cierro los ojos y no quiero pero empiezo a llorar, tanto que temo que sientas en mi corazón una aceleración que no te conviene, pero no, Katy me señala los monitores, que ya sé leer como una profesional, y veo en las cifras las matemáticas de la maternidad: mi piel desencadena una serie de respuestas fisiológicas en ti. Tu ritmo cardíaco, que se había incrementado un poco al sacarte de la incubadora, se estabiliza. Tu respiración se hace más regular y profunda, y tu temperatura corporal se regula de manera instantánea gracias al calor natural de mi piel. Katy me susurra antes de irse para que disfrutemos este momento solas: "Esta intimidad y este contacto piel con piel es lo mejor para su desarrollo neurológico y emocional".

Pero antes de que Katy se marche le pregunto:

"¿Puedo besarla?".

"Sí".

Yo misma me sorprendo de qué poco temor siento, ahora que te abrazo, de poder contaminarte. Te beso las manos, la frente, los pies, repetidas veces. A la mierda las posibles bacterias de mi saliva. Nada que salga de mí puede hacerte mal. No es una intuición. Es una certeza.

Inmediatamente te duermes.

Inmediatamente me duermo.

***

Desde hace una semana, cada día, admiro cómo te duermes en mis brazos. Vivo para tenerte en mí. Noto tu aumento en gramos. Noto cualquier cambio, que ahora suele ser positivo. En este momento, cuando te miro, pienso que eres la única que conoce el espacio que habitaron tus hermanos. Te arrullo para acompañar el sonido de tu respiración, me invento letras que engarzo en melodías conocidas, y en el canto te pregunto si viste algo de ellos en mi útero, siquiera una sombra. BebéMía, te contaré otra historia: lanzaron una bomba atómica sobre Hiroshima, la temperatura en el punto de impacto se aproximó a la temperatura de la superficie del sol: cuatro mil grados centígrados. Hombres y mujeres deambulaban sujetándose los ojos con las manos para no perderlos. Las personas más cercanas al nuevo sol se esfumaron pero no desaparecieron del todo, sino que dejaron tras de sí las siluetas de sus formas, sus contornos llenos de vacío: sombras atómicas. Mira, bebita, en aquella pared hubo un niño apoyado (sombra de su pequeña mano), en aquellos escalones había un perro (sombra de sus orejas puntiagudas y su cola). Hubo una madre que creyó reconocer la sombra de su hija en una pared de la escuela. Pasó el resto de lo poco que le quedaba de vida dedicada a la conservación de esa silueta, la protegía del viento y de la lluvia, como quien protege en un yacimiento arqueológico la pintura rupestre con la última postura de una gacela. Tras la explosión un señor expresaba su extrañeza al ver a una mujer vestida con un kimono muy ajustado. Luego vio que la mujer estaba desnuda, tan desnuda que no le quedaba ni un centímetro de piel, sin embargo, la radiación sobre los colores de su kimono había impreso en su cuerpo las flores del antiguo paño. Mi cuerpo se vació de vida, no una, sino dos veces. Y para una vez que habría conseguido vaciarme de una vida completa y viva mediante un parto no prematuro, mi madre vino a echarte de mí. Mi madre fue el piloto que lanzó la bomba y huyó sin querer mirar la explosión que había dejado atrás.

Pero lleno huecos, imagino cosas, qué sucedió durante mi sedación, y veo destellos radiactivos que en un golpe de luz me muestran las sombras de tus hermanos, nos veo por unos segundos, como hace la luz de un rayo al iluminar por un instante el campo oscuro. MiNiña, ¿me contarás si en alguna pared de mi útero permanecen sus siluetas? Me gustaría abrazarme a sus contornos, esos que sólo tú, y sólo tal vez, has visto, y que yo porto como sombras atómicas llenas de vacío. Portaba. Portaba. Ya no. Desde que recuperas tu forma, desde que entras en el estado de un bebé reconocible que seguramente sí vivirá, esas sombras también se han llenado de carne y piel.

***

Vamos a hacer planes. Iremos al Golden Gate Bridge, el célebre puente de San Francisco. Es el destino preferido que decenas de personas al año eligen para suicidarse. Hay cámaras cercanas que graban estas muertes y, a veces, logran impedirlas. Yo tengo una foto en ese puente, pero sonrío. Estoy señalando a la isla de Alcatraz, la isla desde la que al día siguiente saldría nadando hasta la costa de San Francisco. Son las aguas más gélidas en las que he nadado. Antes de iniciar la travesía me advirtieron que, debido a la anatomía de las olas en esa zona, habría veces en que no podría ver tierra, que contara con esto y en esos momentos pensara que no estaba sola, que el barco que me acompañaba siempre estaría con sus ojos sobre mí. Debía interiorizar aquellas palabras para rescatarlas en momentos de pánico: aunque pensara que estaba sola, aunque las olas me ocultaran la tierra firme y pensara que había naufragado sin barco en el mar helado, varias personas –a las que yo no veía– cuidaban de mí. Conseguí alcanzar la costa sin grandes percances, y al rato alguien comentó una noticia del día anterior: una mujer se había arrojado por el puente de San Francisco. En su bolsillo encontraron una nota que decía: "Si una sola persona me sonríe por el camino, no me suicidaré". Yo siempre he estado tan apegada a la vida, tan obsesivamente apegada, que no necesitaba sonrisas de extraños que me salvaran, que me agarraran en el último instante y detuvieran mi caída en el mar hecho cemento. Sin embargo, hoy pienso en aquella mujer, y hay algo en aquel bolsillo, en aquella nota o puente que tiene que ver conmigo. Hay algo que soy yo-mujer-plancton que ilumina el puente en las aguas de las costas sin infancia, y aunque aún no necesito una sonrisa extraña que me salve, si tú te tropiezas en tu gestación artificial, si tu corazón se detiene, hay algo que soy yo-caderas-rotas-sin-motivo, yo-tendones-perdidos, yo a la deriva, a mi pesar, sin nota, sin bolsillos. Yo mujer sin mujer siquiera, yo, que iré contigo detenida en mis brazos hacia el puente dorado e indeciso. Pero cada vez que te sostengo en mi pecho, siento que eso no va a pasar. Un día viajaremos a San Francisco, y sonreiremos a todas las mujeres que nos crucemos por el puente.

Lo cruzaremos tres veces, al menos tres veces.

***

El método canguro me ha traído de vuelta a MiNiña a mi cuerpo, me ha devuelto algo, aunque sea mínimo, de lo que la naturaleza me tenía preparado, pero también ha venido con responsabilidades. Ahora que sé cogerla y de hecho puedo hacerlo siempre que las cifras en su monitor se muestren estables, debo aprender también a cómo actuar en el caso de las usuales bradicardias, cuando el ritmo cardíaco de mi hija cae y las alarmas empiezan a sonar con más volumen, cuando más tiende su corazón hacia el fatídico "cero". Tengo que aprender a hacerlo bien antes de salir del hospital porque esto puede pasar en casa. Los médicos insisten.

Suenan, suenan las alarmas, un enfermero corre hasta nosotras y me observa, alerta, vigilante, como si yo fuera una estudiante de medicina en prácticas. Lo primero que tengo que hacer es dejar pasar unos segundos para ver si MiNiña logra estabilizarse por sí sola. Si no lo hace y su frecuencia cardíaca sigue cayendo, debo incorporarla y darle palmadas en la espalda, también en el pecho, soplar en las fosas nasales, para recordarle a su corazón que debe volver a latir normalmente. Simplemente se le ha olvidado, hay que recordárselo, y eso, de nuevo, es una normalidad que me parte en dos cada vez que se presenta. Sí, la bradicardia puede solucionarse con unos golpecitos, pero no hay que olvidar que porque la solución sea normalmente sencilla a estas alturas en que mi hija se ha fortalecido el problema no sea serio, lo que pasa cuando el corazón se desacelera y las alarmas empiezan a sonar es que mi hija comienza a morir. Usual, sí, pero aterrador. No significa que haya un problema en su corazón, es sólo un despiste más de su cuerpo inmaduro, un despiste que si no se atiende en pocos segundos resulta fatal, irreversible.

Me aseguraron que los episodios de bradicardia serían cada vez más escasos y menos graves, y así ha sido, pero aun así el miedo no es menor que antes. De hecho, es mayor. Es mayor porque cuanta más fuerza y vida y futuro veo en mi hija, sé que más tiene que perder si todo ello se disuelve.

***

Te voy a contar otra historia: un hombre es condenado a morir de hambre en la cárcel por un delito que no se especifica. Se le permite recibir una única visita, la de su hija, pero este permiso es concedido sólo con una condición: la hija no puede llevar ningún tipo de comida. El tiempo va pasando y el hombre no muestra señales de encaminarse hacia el cumplimiento de su condena, que es la muerte por la falta de alimento, de modo que el carcelero comienza a sospechar. No puede entender la causa, pues la hija, tal como él mismo se encarga de verificar cada día, no lleva consigo ningún género de comida en sus visitas. Una tarde, el carcelero decide espiarlos, y entonces descubre los motivos: la hija, que había parido hacía escasas semanas, amamantaba al padre con sus pechos de nodriza.

Las autoridades, lejos de escandalizarse, toman el acto como símbolo de lo que luego sería la caridad romana, y le conceden la libertad al padre; ese padre al cual su hija había convertido, por caridad, en su bebé.

Durante las últimas semanas me he sentido todo lo mal que podía sentirme: anciano y sola, o solo y anciana, dos tristezas de género opuesto, de esas que incluso por el roce de su distinta naturaleza producen fricción, como una rueda cuadrada, oxidada, en el alma.

Pero ahora te amamanto, leche materna en tu estómago, toda la que quieras, BebéMía, leche de TuMadre. Sin embargo, no olvido que, durante algunos días cruciales, era la leche de otra madre la que te alimentaba voluntariamente, una madre de todos, una madre tierra. Ella te nutrió cuando yo no podía, y ni siquiera sabemos su nombre, ni conocemos su rostro. Le haría un monumento a esa madre anónima que alimenta a los hijos de otras madres como aquella loba que alimentó a Rómulo y Remo. Un monumento para esta mujer que es el inicio de una civilización: la de los que consiguen salir adelante pese a la sequía de la madre propia.

***

Mi madre me contó que al poco de nacer, un día vomité sangre. Cuando me llevaron al médico comprobaron que la sangre, en realidad, salía del pecho de mi madre, que sufría una mastitis. Empezó a darme fórmula. Siempre me sorprendió saber que mi madre y yo, durante algunos días, estuviéramos unidas más allá del embarazo, mi boca en su pezón. Pero la playa, aquella playa, está cada vez más presente en esta historia, en la mía, y distingo mucho mejor la madre buena que fue antes de que muriera mi prima, de eso en lo que se convirtió después.

***

Hay otra cosa de mi infancia que mi madre sí recuerda, aunque en este caso yo también lo recuerdo, de modo que no me aporta mucho. Cuando murió mi prima, mi madre me regaló uno de esos juguetes que consisten en una tabla de madera con cilindros de colores que traspasan la tabla al golpearlos con un pequeño martillo. Me veo a mí misma: terminaba de clavar una pieza digamos azul y seguía con otra de diferente color, golpe a golpe, golpe a golpe, así con todas las piezas, que finalmente desaparecían por un lado y, al darle la vuelta a la tabla, reaparecerían por el otro, todos los colores, todos los troncos de madera que alguna vez fueron partes vivas de un árbol.

Me pasaba las horas martilleando ese juguete, por una parte y por la otra, por una parte y por la otra. Eso –me dijo mi madre– le permitía hacer sus cosas mientras estuviera oyendo el ruido de mis golpes. Si no los oía, entonces iba a ver qué pasaba conmigo, por qué no estaba dando golpes a los cilindros de colores todo el tiempo, todas las horas posibles, como se suponía que debía hacer para no molestar.

Cuando me quedé embarazada de ti, recordé aquel juego, y lo rescaté, o vino a rescatarme a mí, porque en ese momento comprendí lo que significaba en mi historia esto de ser madre: recuperar de un solo golpe el poder que me fue drenado desde mi día cero, esto va de parir y recibir la carne nueva con la reposición de todas las lenguas que me acallaron. Esto va de recibir un martillo el mismo día del parto y reclamar la parte visible del juego, extraer, a golpes, como un escultor en trance, la forma exacta de un poder de sangre que mi madre quiso quitarme.

***

Cuando mi madre decidió irse de este hospital y dejarnos solas, lo hizo por esta puerta: el tercer infierno a la derecha. El de más al fondo. Adonde van los que no quieren salir. Sin embargo, tras conocer parte de lo que antes era el silencio familiar, ahora yo le tendería una mano para que saliera. Sólo es cuestión de que ella quiera. ¿No quiere?

VI

31 SEMANAS
1500 GRAMOS

(La ceguera es mi decisión)

Si bien la incubadora debe cumplir con las funciones del útero, siempre he echado en falta lo más importante: el líquido. Desde que estoy aquí pienso en alternativas que permitan sobrevivir a los bebés microprematuros. Creo que todas lo hacemos. Como si salvar el futuro pudiera salvarnos del presente. Obviamente, mis conocimientos científicos en este campo son equivalentes a cero. Pero en las tantas noches de insomnio busco en internet, y veo que alguien antes que yo, pero con las aptitudes para hacerlo, ya había tenido esa fantasía que resultó ser viable: se le dio el nombre de *biobag*, también conocida como "bolsa de biocontención" o "bolsa uterina artificial".

Por lo que he entendido, uno de los hitos más significativos en la investigación de la *biobag* se produjo en el año 2017, a cargo de un equipo de científicos en el Centro de Investigación Fetal del Hospital de Niños de Filadelfia. En el estudio, los investigadores colocaron ocho corderos prematuros, previamente extraídos quirúrgicamente del vientre de la madre, dentro de una bolsa sellada que se llenó con un líquido especial que simulaba el líquido amniótico. Los corderos fueron extraídos a una edad equivalente a las 23 semanas de gestación humana.

La biobolsa consiste en un innovador saco de polietileno hermético que proporciona un entorno estéril para la circulación del fluido amniótico sintético, enriquecido con antibióticos, y que permite la eliminación de desechos. La amnioinfusión utilizada en el experimento de los corderos en Filadelfia consistía en una solución diseñada específicamente para ese propósito, compuesta de líquido amniótico artificial que incluía una combinación de nutrientes, lípidos, proteínas, carbohidratos, electrolitos, aminoácidos y otros componentes esenciales para proporcionar un entorno adecuado para el desarrollo del feto, imitando el equilibrio químico presente en el líquido amniótico.

En este experimento, los investigadores conectaron los vasos sanguíneos de los cordones umbilicales de los ocho corderos prematuros a un dispositivo especializado de oxigenación sin bomba. En lugar de depender de una bomba externa, el propio corazón del cordero impulsaba el flujo sanguíneo alrededor del dispositivo, imitando el ritmo natural de la circulación fetal entre el feto y la placenta en el útero. Esta conexión directa evitaba desequilibrios de presión en el corazón y los vasos sanguíneos del feto. Además, al introducir al cordero de manera inmediata en un entorno fluido y cerrado, se prevenían los cambios que normalmente ocurren cuando un recién nacido toma su primera respiración, lo que implica llenar los pulmones de aire, provocando una reorganización de la circulación, redirigiendo la oxigenación a través de los pulmones en lugar de la placenta mediante el cordón umbilical. Por el contrario, la biobolsa permitía que la circulación fetal se mantuviera sin que el feto tuviera que respirar a través de sus pulmones aún inmaduros, evitando así una serie de graves complicaciones.

Después de cinco años de experimentos, se consiguió que los corderos sobrevivieran en la *biobag* durante un período de cuatro semanas. Durante ese tiempo, se observó un desarrollo continuo de los órganos y sistemas de estos animales, incluidos los pulmones, el cerebro y el sistema digestivo. Además, practicaban la respiración al igual que hacen los fetos humanos en el útero de sus madres. Les salió lana y abrían los ojos, todo el desarrollo parecía coincidir con el que se habría producido de haber continuado en el vientre de la madre.

El objetivo del estudio no era lograr la supervivencia a largo plazo de los corderos en un entorno artificial, sino demostrar la viabilidad de la *biobag* como una opción de soporte para el desarrollo fetal prematuro, de modo que los corderos fueron sacrificados después de esas cuatro semanas y extraídos de la bolsa para su posterior estudio.

***

5:31 de la madrugada. Escribo en el buscador de YouTube las palabras "cordero", "prematuro", "biobag", y encuentro un enlace. Es un vídeo. El cordero está dentro de una bolsa llena de líquido, bastante ajustada a su cuerpo, como una de esas bolsas de congelados al vacío, pero mucho más grande y llena de conductos que comunican con el exterior. El animal aún no tiene lana, o no se aprecia, pero sí se ven claramente las pestañas. Tiene los ojos cerrados. Parece que está durmiendo, pero se mueve, las patitas, las orejas, como si soñara. En lugar del cordón umbilical tiene un gran catéter que le conecta a una máquina. Una voz en *off* explica que esa máquina hace las funciones de la placenta, que intercambia el dióxido de carbono en la sangre por oxígeno. Parece estar desarrollándose sin dolor, sin sufrimiento. Está tranquilo, en un ambiente que se distingue como mucho más natural que el de una incubadora.

***

Como corderos que sueñan en bolsas de líquido amniótico artificial.

En nuestros sueños, los humanos experimentamos nuestra existencia más aislada y misteriosa. "Todos los hombres", escribió Plutarco, "mientras están despiertos, están en un mundo común; pero cada uno de ellos, cuando duerme, está en un mundo propio". ¿Cuánto más inaccesibles son, entonces, los sueños de los animales?

***

Te voy a contar sobre mi abuelo Juan. Hay cosas que me gustaría que aprendieras de él, a través de mí.

De él aprendí a criarme en el campo, a sacar palmitos de la tierra, pelarlos sin cortarme y comérmelos ahí mismo, a buscar escorpiones y jugar con ellos sin que me picaran, a orientarme de acuerdo con las estrellas, a no llorar cuando me mordía un bicho o un perro asalvajado, a atrapar víboras, a buscar agua, a dormir en la hierba, a curarme las picaduras en esas horas en que el veneno es más poderoso. Mi abuelo Juan me abrió las puertas de todos los campos de Andalucía. Recuerdo especialmente algunos episodios: solíamos encontrar huevos que yo incubaba sin saber qué era lo que iba a salir. Mi abuelo no me lo decía. Era precioso eso de esperar la sorpresa de una vida sin saber de qué manera se abriría al mundo, con un trino o con un rumor reptante. Una vez, mientras pasaba uno de estos pequeños huevos a otro tipo de arena, se me cayó. De él salió una forma inmadura, pero ya se veía que era un lagarto. Yo tendría seis o siete años. Me dolía ver a ese animalito en el suelo, en una gelatina verde, con certeza sufriendo. Corrí y lo arrojé al retrete, esperando que fuera anfibio.

El segundo recuerdo es de una tortuga herida que recogimos. Una tortuga enorme de tierra. Queríamos devolverla al campo cuando se curara, pero un día se cayó por el balcón. Bajé corriendo y su caparazón estaba totalmente roto. Se retorcía, y hasta pensé y aún pienso que me miraba. Pesaba muchísimo, parecía que pesaba más por estar rota que por estar viva. Volví a sentir ese dolor ajeno. Sin saber cómo mitigar ese sufrimiento, la metimos en el congelador.

El tercer recuerdo es de un buitre herido. No me separé de él hasta que vinieron a rescatarlo los encargados de una reserva para la rehabilitación de animales salvajes. Me arañó todas las manos. Jamás olvidaré su olor. Esas plumas de rapaces siempre me han olido a trigo. Hoy, cuando se queman los rastrojos en los campos de Sevilla en verano, me huelen a plumas de buitre.

El cuarto recuerdo es de una serpiente acuática que justo delante de mí se tragó una rana. Yo sabía que era ley natural, mi abuelo me lo había dicho, pero instintivamente apreté la barriga de la serpiente y escupió la rana. Rompí en un segundo las únicas leyes que aprecio. Hoy me gustaría romper casi todas las demás. Al menos salvé a una rana.

El quinto recuerdo es de una pequeña rata, también herida. Estaba empapada por una tormenta, inerte. Fue volviendo en sí a medida que la secábamos con un secador de pelo. La vacunamos. La metimos en una jaula esperando que se recuperara por completo. Yo tendría ahí unos ocho años. Metía el dedo en la jaula y ella me mordía. Yo le decía: "Tú no eres mala", y entonces volvía a meter el dedo y ella me mordía otra vez en la herida ya abierta. Siempre metía el mismo dedo, como si el cambiar de dedo pudiera cambiar esa rata por otra, y yo quería que esta, y no otra, cambiara. Sangraba mucho, aún conservo la cicatriz, pero otra vez y otra vez y otra vez metía el dedo diciéndole lo mismo: "Tú no eres mala". Quizá esperaba que mi deseo de bondad animal se cumpliera a través de mis propias palabras. Aún hoy espero que mis palabras, pues no cambiaron a aquella ratita, me cambien a mí, siempre a mejor. Aún crío cicatrices. Y a veces muerdo. Pero, MiNiña, soy buena. TuMadre es buena.

***

Una de las pocas fotos de infancia que conservo es una de esas que te hacen a la entrada de un acuario y luego, a la salida, ves expuesta junto a cientos de otras fotos de familias aparentemente felices. Yo estoy metida en un vestido cursi, ridículo, como de una época anterior a mis abuelos, y voy de la mano de mi madre. Se me ven unas patitas de alambre, esa era otra de las razones por las que odiaba los vestidos en general. Siempre tuve complejo de estar casi esquelética porque los compañeros de clase se reían de mí, aunque mi madre me decía: "No te preocupes, que de mayor serás gorda como tu tía y tu abuela, y sólo querrás adelgazar".

Vivíamos en Tenerife y habíamos ido a Loro Parque para ver un espectáculo de orcas. Aunque yo tenía unos diez años, ya me resultaba absurdo que un animal tan grande y poderoso hiciera tantas tonterías. No les veía la gracia a las piruetas de las orcas ni a la exhibición de los entrenadores. De mi madre sólo recuerdo la atención que ponía, de manera casi exclusiva, al hecho de que uno de los entrenadores fuera manco. Estaba obsesionada de una manera visiblemente sádica con ese brazo arrancado por una de las orcas a las que entrenaba. Se reía y decía: "¡Mira, mira, es manco, la orca le arrancó el brazo!", y volvía a reírse con una risa parecida al sonido que hace al rascarse un perro pulgoso. Obviamente mi madre era ajena al sufrimiento de la orca, que ya entonces era bien conocido por el público en general y motivo de manifestaciones ecologistas. Yo sí desconocía el maltrato del animal, simplemente no me hacía gracia ver ese *show* donde adultos y niños aplaudían y hacían gestos como de retardados. No he vuelto a un acuario, pero si hoy pudiera volver, volver con mi madre, la sumergiría en el acuario y la pondría frente al ojo de la ballena. Mira, mamá, le diría:

Un ojo más imponente que tu cabeza,
un corazón de más de cien kilos,
un corazón más grande que tú entera.

Hoy sé que algunas de estas ballenas llegan presas de cárceles de cetáceos en Rusia. Durante los primeros meses no quieren comer, no se mueven (no saben moverse sin su grupo), y así permanecen suspendidas como un zepelín detenido. Las ballenas no dejan de llorar, emiten un sonido muy agudo. Escucha, mamá, escucha con tus oídos llenos de agua. No han dejado de llorar desde que las apresaron en las redes, desplazadas por los aires, asustadas por las aspas del helicóptero, y por las vistas de un paisaje desde las alturas, las llanuras azulescasinegras de un hogar que creían profundo, la mirada vidriosa por el viento. Ay, una lágrima de medio litro. Para que tú puedas reír fueron golpeadas, hasta que la aleta dorsal se les cayó de la tristeza. En lugar de vivir los cien años que les corresponde, vivirán cuatro o cinco, o veinticinco (con mala suerte), o no vivirán. En muchos acuarios permanecen encerradas de cinco de la tarde a siete de la mañana, a oscuras, en contenedores metálicos del tamaño de un ataúd para ballenas. Enloquecen.

La incubadora de MiNiña a veces parece una pecera.

Mamá: el corazón diminuto de mi hija es más grande que tú entera.

***

Las células fetales que permanecen en el cuerpo de la madre después del parto se conocen como "microquimerismo". Estas pueden sobrevivir en la madre durante décadas, y en algunos casos incluso durante toda su vida. Aunque el fenómeno aún no está completamente comprendido, se cree que estas células pueden migrar a través de la placenta hacia otros órganos, incluyendo el corazón, el hígado y el cerebro, integrándose en los tejidos de la madre y estableciendo conexiones con su sistema inmunológico.

De la misma manera que la materia oscura es invisible a nuestros ojos pero está presente en todo el universo, las células fetales permanecen en el cuerpo de mi madre, ocultas a simple vista pero presentes en su esencia. Al igual que la materia oscura, que parece ser un vacío oscuro pero tiene una influencia poderosa en la forma en que se mueve la materia visible, esas células fetales pueden tener una influencia inconsciente en mi madre, moldeando su forma de ser y su relación con el mundo, y conmigo.

Pero la genética no me ofrece consuelo ni protección. Después de todo lo que ha pasado, me resulta difícil imaginar que algo tan íntimo y sagrado como una conexión celular pueda existir entre mi madre y yo. Al igual que la materia oscura, este quimerismo celular evade toda explicación racional, dejándome sólo con preguntas sin respuesta y una sensación de asombro ante la incomprensión de un universo que ahora ni siquiera me importa. Tal vez los astros sólo indican para mí que el amor y la genética no siempre están alineados.

***

Por algún motivo, existe una creencia generalizada de que los bebés prematuros, si sobreviven, se desarrollan a un ritmo más rápido cuando están en una incubadora. Eso no es así. El ritmo de crecimiento es menor al que se corresponde con su edad gestacional, hasta las 40 semanas de gestación. Todos sus órganos siguen formándose, pero fuera del útero ocurre con mucha más dificultad. El crecimiento y el desarrollo de un día en el útero equivalen a tres días en la incubadora. Y, en el caso del cerebro que nos hace tan únicamente humanos, se desarrolla mayormente en los últimos meses. Entre las semanas 28 y 40, el cerebro del feto triplica su peso. MiNiña, con un mes fuera de mí, hoy cumple 29 semanas. El futuro de su cerebro aún es un misterio.

***

Desde que MiNiña abrió los ojos cada vez parece más firme, más segura en su forma de dirigirlos a alguna parte, aunque me han dicho que su vista aún no está desarrollada. El desarrollo de los ojos es un proceso complejo y gradual que continúa incluso después del nacimiento.

Vuelvo a recordar cuando mi abuelo entraba en la cocina de la casa del campo y todos los primos sabíamos lo que había hecho: cuando una gatita salvaje paría, él se encargaba de deshacerse de los cachorros. Había una regla para sacrificarlos y es que fueran tan pequeños que no hubieran abierto aún los ojos. A veces, como las gatas escondían a sus crías, mi abuelo las encontraba un par de días después, demasiado tarde, cuando los gatos ya habían separado sus párpados. Entonces entraba en la cocina y decía: "Ya han abierto los ojos". Mi abuela no decía nada, ni una palabra, sólo hacía un gesto de resignación, pero los primos más pequeños nos alegrábamos porque sabíamos que los gatitos estarían vivos y pronto podríamos ir a verlos crecer y jugar junto con las docenas de gatos salvajes que abrieron los ojos a tiempo para salvarse.

***

Yo creo que el equipo médico que se ocupa de MiNiña piensa, o piensa a veces, que estoy a punto de desfallecer. No es así, o es menos así que antes, cuando ella me parecía mucho más débil y yo pensaba que sobrevivir una hora más significaba quererla una hora más y morirme más profundo, más adentro, yo, también durante una hora más que la nada infinita de todos los demás muertos. Sin embargo, creo, aunque no estoy segura, que hay madres y padres que sí están rendidos, porque hay incubadoras que reciben visitas de otros miembros de la familia. Pero si yo me agoto, nadie acompañará a MiNiña. Me aseguro, al menos, de alimentarme bien, y para ello bebo unos batidos de proteínas y minerales que suelen ofrecerse a pacientes que han perdido el apetito debido a la quimioterapia u otros procesos. Los bebo para fortalecer mi cuerpo, y para producir más leche.

***

Lo inesperado, lo temido. Otra vez.

Apnea.

Por alguna razón, es la más severa que ha sufrido hasta ahora.

No respira.

Reanimación.

Su cuerpo lacio. De nuevo.

Azul.

Cuento los segundos. Muero en cada uno.

Vuelve el color. Está viva. Otra vez.

"Es normal", repiten. "Es normal", y en esas dos palabras también entra otro significado que hacía ya días que no interpretaba: todavía sigue siendo normal que tu hija muera.

***

Incrementan el oxígeno. A veces una piensa que hay remedios que son eso, auxilios, ayudas, como, en este caso, el oxígeno. MiNiña necesita más oxígeno para poder respirar. Bien. En principio no puedo imaginar nada que el propio oxígeno tenga de contraproducente. Pero esto no es así en una unidad de cuidados de bebés mircroprematuros. Las retinas de estos niños no están desarrolladas, de modo que no tienen la capacidad de producir ciertas enzimas y antioxidantes para protegerse. Cuando se les suministra oxígeno a altas concentraciones para tratar problemas respiratorios, la exposición prolongada a este oxígeno puede generar radicales libres, moléculas inestables y reactivas que podrían dañar las células y tejidos en el ojo. Esto puede causar daño o desprendimiento de la retina y, en casos graves, ceguera.

Una vez más tengo que elegir, maldita libertad, pienso: Mi hija ciega. Vale. Ciega. Podrá ser feliz de todos modos. Simplemente salven sus pulmones. Entonces, como para aliviarme un poco, me hablan de una técnica de administración de oxígeno llamada "oxígeno controlado", en la que la concentración de oxígeno se intenta mantener en un nivel seguro y se ajusta gradualmente a medida que el bebé se desarrolla, aunque de todos modos, insisten, hay riesgos.

Ahora entiendo por qué viene un oftalmólogo pediátrico cada día. Da igual. Ciega, pero que no le falte oxígeno. Yo no entiendo de tantos equilibrios. No entiendo estar viva y estar muerta. Estar muerta y estar ciega. Me siento obligada a hacer malabares en una cuerda de equilibrio maldito.

Pero, sin embargo, al final del día, para cada decisión que debo tomar con o sin la ayuda de los médicos, me doy cuenta de que sí hay un lugar donde encuentro el equilibrio, y que me alivia de cierta ansiedad cuando tengo que elegir entre dos opciones, o tres, o cinco, todas con sus posibles y fatales consecuencias. Dos preguntas. Mi lugar de equilibrio está en dos preguntas:

Si MiNiña se queda ciega, ¿podrá amar?

Yo misma me respondo:

Sí.

Y si se queda ciega, ¿podrá ser amada?

Me vuelvo a responder:

Sí.

Si ambas respuestas son positivas, esa es la decisión correcta para mí.

Ceguera.

Ceguera.

Elijo la ceguera.

***

Ayer me pareció percibir un gesto de preocupación en el oftalmólogo mientras revisaba los ojos de MiNiña, pero hoy el doctor no duda en mencionar el nombre de una nueva operación: retinopatía. No digo nada, pero siento que me mareo. Cuando todo parecía estable otra vez, aparece algo nuevo que ni siquiera entiendo y que requiere más quirófano. En ese momento necesitaba una mano, una caricia, una persona preocupada por mí. Escucho el diagnóstico del doctor: "Las retinas de su hija se han dañado". La explicación: los vasos sanguíneos de la retina del ojo del bebé continúan creciendo después del nacimiento para llegar a las áreas que necesitan oxígeno y nutrientes. Si el bebé nace antes de que los vasos sanguíneos estén completamente desarrollados, pueden crecer anormalmente, lo que en ocasiones lleva a la retinopatía del prematuro, en especial, si es necesario administrar mayores cantidades de oxígeno. En efecto, ha pasado lo que se temía: al haber tenido que ser tratada con oxígeno suplementario para mejorar su respiración, ha sufrido daño en la retina, con el añadido de que las luces de fototerapia, utilizadas para tratar la ictericia neonatal, emiten una luz azul que también contribuye a lesionar la retina de los bebés.

"¿Cuándo es la operación?".

La respuesta es la de siempre:

"Cuanto antes".

Aquí todo es cuanto antes, no vaya a ser que MiNiña fallezca y ya no pueda ser operada. A veces tengo exactamente esa sensación: me parece que los bebés de aquí existen para las operaciones. Sé que no es así, no quiero parecer desagradecida, pero nunca tengo tiempo de asimilar tanta prisa por abrir el cuerpo o los órganos de MiNiña.

***

Hace pocos días conocí la muerte de uno de mis grandes amigos. En estas circunstancias, ni siquiera sé cómo me ha afectado, pero sí pienso en él ahora, con ese cliché: "Ahí donde estés, ¡ayúdame!".

Conocí a Gastón durante mis cursos de doctorado. Yo maldecía en español el candado de mi bicicleta, que se me había quedado atascado y llevaba media hora sin querer abrirse. Al escucharme, se paró y me dijo que a veces, echando un poco de Coca-Cola en la ranura, los candados terminan por ceder. Fue a comprar una lata. Vertió un poco sobre el hueco de metal y, como por arte de magia, el candado se abrió. Todo era así con Gastón. La vida se solucionaba a su paso. Me corregía en veinte minutos ensayos que yo había tardado días en escribir. Era conocido en todo el campus porque, con aparentemente poco esfuerzo, resolvía problemas, y aún le daba tiempo para animar las fiestas. Por eso, le convertí en mi compañero de natación. Nadábamos juntos porque, a pesar de lo que parecía, Gastón, a veces, se cansaba, y le dolía la espalda no ya por las malas posturas al estudiar, sino por ese cargar con el peso de los otros.

Cuando terminó el doctorado, Gastón decidió volver a la Argentina. "No seas tonto", le decíamos todos, "con tu currículo y tu cabeza, en Nueva York te espera un futuro brillante". Pero como, efectivamente, era inteligente, él quería volver al campo, a la vida rural, y comprar muchas vacas. Sufrí su ausencia, pero nunca me abandonó. Sin embargo, el último mensaje que me escribió lo dejé sin contestar. Suelo tomarme un tiempo en responder los mensajes de las personas que más me importan porque me gusta hacerlo con calma. Cómo iba a pensar que durante las semanas siguientes los mecanismos de la vida de mi amigo comenzarían a detenerse hasta pararse por completo en el fondo de un acantilado. Se había quedado dormido mientras conducía. Acaso, pensando en su rebaño.

"Guapita", comenzaba siempre sus mensajes, y también siempre terminaba del mismo modo: "Ya sabes que cuando quieras, te envío un billete de avión y te vienes a descansar una temporada conmigo en la Patagonia".

La Patagonia, con mi amigo Gastón, fue siempre ese sitio al que me agarraba cuando Nueva York comenzaba a pesar demasiado, normalmente en diciembre o enero, cuando el invierno, como si de una depresión se tratara, parece que nos sale de dentro y no nos dejará nunca.

Las pocas veces que salgo del hospital para asearme en casa o traer ropa limpia, paso por una peluquería de nuestro barrio en cuya puerta, siempre, solía descansar un perro que me encantaba acariciar. La dueña me miraba desde dentro y me sonreía.

"¿Cómo se llama?".

"Gastón".

Gastón, el segundo Gastón que conocía.

Ayer, al pasar por la puerta, Gastón no estaba. Su dueña me explicó que ya era demasiado anciano, pero que la última noche lo metió en su cama y sintió su último latido, murió acompañado por la persona que más quería.

Al conocer la historia, también yo, después de tanto tiempo sintiéndome culpable por no haber respondido a aquel email de Gastón, he descansado. Quiero pensar que en el corazón de ese perro estaba el corazón de mi amigo, que durante años ha estado sentado en la puerta de la peluquería mientras yo le acariciaba pensando que se llamaba igual que mi salvador de la Patagonia, sin sentir, hasta hoy, que con mis caricias estaba respondiendo el mensaje que le debía. Así de generoso fue Gastón. Capaz de esperar muchos días sentado como un perro enfermo para darme la oportunidad de decirle adiós. Confío en que, para él, ayudarnos será fácil, ni siquiera nos va a requerir creer en Dios.

***

Tengo frente a mí, en la consulta del doctor Truong, a cinco personas que van a explicarme en qué consiste la operación de retinopatía. Está el oftalmólogo, el doctor Truong, un anestesiólogo que no conozco, un enfermero que tampoco conozco y Adrianne, que cada vez que puede está cerca de mí, me regala un contacto físico: me agarra el brazo con cariño, me da unas palmadas en la espalda que parecen caricias, a veces también cobija una de mis manos entre las suyas.

Es un procedimiento delicado (es la primera frase que dicen, esta de "es un procedimiento delicado", y yo creo que sobra, se sobrentiende, aquí todo es delicado). La operación se llevará a cabo en la misma incubadora. MiNiña será anestesiada mediante la aplicación de una máscara para administrar una combinación de gases anestésicos y oxígeno. Usarán un láser para quemar los vasos sanguíneos anormales en la retina de sus ojos. El procedimiento puede durar hasta una hora, dependiendo de la cantidad de vasos sanguíneos que deben ser tratados (esto me parece positivo, una hora, no es tanto). Luego me recitan los riesgos: infección, hemorragia, daño en la retina y problemas con la anestesia. Sé de sobra que detrás de cada una de estas palabras que llaman "riesgos" está la muerte.

***

Mi madre no recuerda muchas cosas sobre mi niñez, ya lo he dicho, así que, aunque nuestra relación se reanudara, podría contarme poco, lo que significa que no podré saber si mi hija tiene comportamientos similares a los míos de cuando yo era niña. Sí sé por mi madre que yo inventaba palabras que según ella eran muy buenas, como aquella que comenté anteriormente: "Te voy a 'encisternar'. Te voy a tirar al retrete y luego voy a tirar de la cisterna". No estoy segura, pero imagino que por los tiempos de esa frase mía debió de empezar mi tristeza y frustración ante mi invisibilidad.

Esto me recuerda a algo de hace tres años, cuando tuve mi primer aborto. En esos momentos mi madre estaba en un balneario y no podía coger el teléfono en cualquier momento porque las citas con los masajistas no podían cambiarse. Mi fetito redondito cayó al agua del retrete. Pero no lo encisterné. Lo metí en un pequeño joyero donde guardaba los pocos anillos que tengo y lo enterré debajo de un almendro en flor.

Cuando mi madre se enteró de que había abortado me dijo que debía de ser muy pequeño, que no me preocupara, que eso no era nada.

Así lo dijo: "Nada".

Enterré nada, una nada con cinco dedos de pocos milímetros en cada mano, y cinco en cada pie, los conté.

Enterré una nada con una cabeza como una pequeña frambuesa y un cordón umbilical, bajo un almendro florecido.

***

En este hospital hay un grupo de apoyo psicológico para las mujeres que han perdido, o están perdiendo, un bebé. También para las que tendrán que vivir junto a una incubadora durante los próximos meses. Al despertar, he encontrado un folleto sobre la mesilla, es una guía de recomendaciones para los familiares que deben apoyar a las madres en estos momentos. Todo el personal médico sabe que estoy sola, así que imagino que la entrega del folleto es obligatoria y, para no tener que enfrentarse al absurdo de entregármelo en mano, me lo han dejado mientras dormía. Se recomienda a los familiares cosas como leerle al bebé, hacerle fotos para mostrarle a la madre, mantener informado al resto de la familia, escuchar y ofrecer tiempo a la madre para que se desahogue, alimentarla con comidas saludables y que le gusten (incluyendo algún capricho que no sea saludable en absoluto…), y el que parece más importante de todos porque está marcado en negrita y se repite varias veces: recordar a la madre que ella no tiene la culpa de que su bebé haya nacido prematuro. Sin duda, me haría mucha falta alguien que cumpliera con todas estas cosas, salvo con la última, pues no tengo duda de que no es mi culpa. Es de mi madre. Al menos, cumplo con el apoyo más esencial, el que unos profesionales han marcado en negrita: no culparme.

VII

32 SEMANAS
1870 GRAMOS

(Accidente de avión)

Hoy amaneció otra incubadora vacía. Pero sé que nos iremos pronto, y vivas. Vivas las dos. No siento ningún indicio del síndrome del superviviente, ese sentimiento que al parecer afecta a aquellas personas que han vivido un suceso traumático y se ven hundidas por la culpa de haber sobrevivido. En realidad, sé poco sobre este síndrome, de oídas en algunas ocasiones de mi vida, pero nunca lo entendí, tal vez porque no indagué. En cualquier caso, ahora que veo cómo a veces se vacían otros nidos, tampoco lo entiendo, ¿lo entenderé en unos días cuando las dos estemos en casa?, ¿me sentiré culpable por el hecho de que las dos hayamos sobrevivido?, ¿retumbarán en mi vigilia o en mis sueños aquellas primeras palabras que escuché cuando deslizaban mi camilla por los pasillos del hospital ("vamos a tratar de salvarlas a las dos")?, ¿sentiré que al menos yo debería haber muerto como moneda con la que pagar la vida y el largo futuro del bebé de otra mujer que, por lógica natural y corta edad, merecía vivir más que yo?

Por ahora no, no siento culpa, aunque claro que muero un poco, o mucho, cuando otro niño se apaga, y a veces me he encerrado en el baño y he golpeado la pared como en esas películas en las que –normalmente un hombre– se hace añicos el puño y deja una marca de sangre. Luego he cogido papel higiénico y la he limpiado, tal vez no por respeto a la limpieza, sino para entretenerme y no golpearme de nuevo. Limpiar en lugar de contar hasta diez.

Sea como sea que vaya a sentirme después, en mi cabeza ya empiezo a anticipar alegrías, un futuro con mi hija, tal vez con algunas secuelas, aún es pronto para saberlo, pero capaz de ser feliz, o capaz de serlo en la misma medida que cualquiera. Aunque no todo son planes placenteros para nosotras, también pienso en cómo explicarle algunas cosas. Mi madre, claro, mi madre. Su abuela. ¿Dónde está su abuela? No importa que me lo pregunte yo, pero, en algún momento, me lo preguntará ella. ¿Y dónde está esa otra parte de la familia materna? Claro que aún tenemos familia que nos quiere, a la que queremos, pero otra gran parte desapareció junto a mi madre. La muerte de mi prima dispersó a la familia como una granada. Muchos llevan la metralla dentro desde entonces. Gran parte de las mujeres en nuestra familia se separan pronto de sus hijos. Se van. Cómo explicarle a mi hija tantas ausencias. Y le escribo, le escribo algo, cosas, experimentos, ensayos de cómo es que se lo contaré. ¿Tal vez decirle que todos ellos estaban esquiando un día y les cayó encima una avalancha que los sepultó y siguen enterrados en el hielo?, pero ¿esquiar dónde? Nadie creería eso en un país donde apenas hay nieve, además, las más ancianas de la familia no iban a ir a esquiar, no sería creíble. Cuántos sinsentidos pienso, pero después de tal trauma, después de pensar que nuestra vida se acabó y luego darme cuenta de que no, de que seguiremos, tengo que volver a andar, a pensar, a escribir. ¿Tal vez un accidente de avión?

Pienso cómo te explicaré, un día,
cuando encuentres el idioma para preguntarme,
acerca de mi madre, tu abuela,
y parte de su estirpe maldita.
Se me ocurre que lo más práctico
podría ser lo más breve e irreversible,
un accidente de avión.
Te diría algo como:
Mi niña, toda mi familia materna murió mientras
iba a…
¿A dónde?
¿A una boda?
¿De quién?
Tendría que pensarlo,
eso es lo de menos,
simplemente se calcinaron
entre la tela incendiada de los asientos
y el metal fundido.
Me río al imaginarlo,

es una idea tan ridícula como eficiente.
Tal vez pensaré en todo esto dentro de un tiempo
sentada en la regala de la barca
antes de saltar al mar.
Será durante la mejor época para pescar jibias
(de manera furtiva, se entiende)
porque en estos días se aparean.
Gafas y tubo, suspendida en superficie
las veré ahí abajo,
a dos o tres metros,
posadas en el fondo
como una enorme hoja de arce que
está cubriendo a otra hoja algo más pequeña.
Soy buena en esto, niña mía,
soy silenciosa, paciente,
oigo mi respiración pausada
mientras agarro con los ojos el punto justo
donde debo clavar el arpón,
truncar la cópula,
macho sobre hembra insertados en una misma varilla.
Ya verás, niña mía, como yo la primera vez que lo vi,
en el proceso de subirlas a superficie se vacían de tinta,
el ascenso azul se oscurece,
mis manos se borran.
Una vez fuera,
la tinta sigue brotando por su sifón

en una torre de negro vertical,
como el petróleo.
La tinta me entra en la boca y la escupo,
como si fuera otra jibia más.
En la barca les retiro el hierro
que atraviesa los dos cuerpos,
cuerpos duros,
apretados aún a la vida,
los ojos amarillos con las pupilas negras
y horizontales me miran
como carneros rendidos,
y se van adormeciendo de manera plácida,
como si en lugar de hacia la muerte se encaminaran
hacia la extinción.
La barca se mecerá en el azul del que las he sacado
mientras las jibias tosen amontonadas en la cuba
de plástico.
Y allí estaremos tú, mi niña, y yo,
la noche entrará tibia,
nos meceremos,
mientras el cielo comenzará a salpicarse de estrellas
como peces luminiscentes
enganchados a los anzuelos
que han lanzado desde un avión
quieto en el aire.
Lo pienso:
hay una arteria desgraciada en el hígado de tu
abuela,

hay cobardía,
desamor para su hija,
para su nieta,
y tu abuela está en ese avión quieto en el aire,
un avión listo para estrellarse en el momento
en que yo tenga fuerzas y decida contarte
que en tu abuela ya no hay abuela.

***

Otra historia: hace mucho tiempo, en un lugar que se llama Lumbini, en Nepal, nació un príncipe que se llamaba Siddhartha. Su padre quería que heredara su trono, y lo sobreprotegía tanto como le era posible. Durante muchos años el niño no salió de los dominios de sus palacios, y sólo estaba dedicado a una educación muy esmerada en el estudio de las artes, la ciencia, el deporte, pero que le ocultaba la existencia de la pobreza, las enfermedades u otros rasgos tristes pero inseparables de la vida. Así que Siddhartha creció pensando que todo lo que había más allá de los muros que contenían su entorno permitido era igual de rico y satisfactorio que lo que él conocía. Hasta que un día decidió escaparse, y entonces vio toda la fealdad de lo que hasta entonces desconocía. Vio a un leproso, y le preguntó a su sirviente qué era, y cuando lo supo, preguntó si esta enfermedad podía afectar a cualquier persona. Sí. Y poco a poco descubrió la extensión de la miseria. Nunca volvió a palacio, y dedicó su vida a tratar de encontrar la raíz del sufrimiento para sanarla.

MiNiña, te voy a contar de esta ciudad, porque tú eres un poco como Siddhartha, has estado aislada, hiperprotegida en tu cuna de cristal. Te cuento para que no te lleves una sorpresa cuando salgas de aquí, para que no te digas: Tantos cuidados, tanto esfuerzo para lograr que sobreviva y vaya a casa, y ahora me encuentro con que afuera tengo que luchar más que adentro.

Además de plagas que yo conocía en España sólo por el relato de mis abuelos –es el caso de las chinches, por las que llegan a desalojar bloques enteros de apartamentos–, las primeras veces que paseé por la ciudad estando embarazada de ti, me llamó la atención otro tipo de desmesura, que me había pasado inadvertida antes: juguetes abandonados en las puertas de las casas, o en las aceras. MiBebé, algunos de ellos están prácticamente nuevos. También hay cunas, carritos, sillitas para el coche, andadores, y hasta extractores eléctricos de leche materna sin estrenar. A veces un letrero acompaña a estos artículos: "Gratis, nuevo" o "Gently used". Normalmente han ido a parar a la calle tras un recorrido previo por redes sociales o páginas de asociaciones benéficas, con el mensaje casi invariable de "Gratis para la primera persona que lo recoja hoy, no tenemos espacio". Y es que en esta ciudad no hay sitio para tanta gente, los apartamentos suelen ser muy pequeños y, por tanto, incapaces de adaptarse a las mudables necesidades de un bebé que no para de crecer: si necesita una cuna más grande, tienes que deshacerte rápido de la cuna más pequeña; si ya no cabe en la sillita del coche que compraste con esfuerzo hace sólo seis meses, tienes que regalarla antes de meter otra. El resultado es que pasear por algunos barrios de Nueva York es pasear por un paisaje de muñecos abandonados que acompañan a todo aquello que tampoco cabe, y que termina en los carritos de las personas sin hogar, que se las averiguan como pueden para venderlos.

Ratas y artículos de bebés por todas partes. Y basura, MiNiña, mucha basura. En Manhattan no existen contenedores. A partir de las cuatro de la tarde los vecinos cogen sus bolsas de basura y las depositan en la calle. Acuérdate de que caminar por Manhattan es acostumbrarse a ese panorama: las aceras repletas de bolsas amontonadas, que los camiones públicos recogerán muchas horas o días después. El apilamiento de bolsas en las aceras, las montañas de desechos, atraen, como una de tantas consecuencias, el regocijo de las ratas.

Y algo más triste que los juguetes nuevos y abandonados: cientos de cientos de personas duermen en las calles, como basura.

Ratas, juguetes y personas arrojadas al abandono y a la miseria. Ya los verás. En esta ciudad hay de todo.

Pero te prometo que cuando salgamos de aquí, te mostraré lo bello y lo feo. Este mundo que te protege ahora, no es el mundo.

VIII

35 SEMANAS
2538 GRAMOS

(El baño)

En los pasadizos emocionales de la Unidad de Cuidados Intensivos Neonatales, que ya conozco tan bien, MiNiña ha estado atrapada en una suerte de contrato con los requisitos que custodian su salida de aquí, su independencia de los monitores, el voto de confianza a que sus pulmones puedan cumplir con una libertad que, durante un tiempo, es y sentiremos como condicional. Para salir de aquí, MiBebé debe ser capaz de realizar ciertas funciones sin ningún tipo de asistencia especializada, y cumplir con algunos requisitos físicos:

Alcanzar un peso mínimo adecuado para su edad gestacional, en su caso, debe llegar a los dos kilos y medio.

Debe ser capaz de respirar de manera estable sin la necesidad de apoyo adicional. Para ello tienen que desaparecer los episodios de apnea.

Alimentarse adecuadamente, ya sea mediante leche materna o fórmula.

Mantener su temperatura corporal sin la ayuda que le proporciona el ambiente controlado de la incubadora.

Ausencia de complicaciones médicas graves, como infecciones, problemas cardíacos o respiratorios, y trastornos neurológicos.

Sin embargo, estos requisitos no garantizan su anhelada liberación. Aunque se cumplan diligentemente, sólo podremos exhalar alivio cuando atraviese el umbral de su primer año, un hito fundamental para poder decir: mi hija ha sobrevivido a su nacimiento.

La muerte súbita es voraz en los casos de nacimientos prematuros, aunque con la suavidad de un pétalo de flor, sigilosa, traidora.

***

La buena noticia es: al carajo la muerte súbita, ya lidiaremos con eso, contrataré a un centinela si hace falta para cuando me quede dormida de agotamiento. Nuestro hogar nos espera y hoy sabemos que nuestra salida de aquí es inminente, lo sabemos porque el propio doctor Truong, visiblemente emocionado al anticipar lo que significa para una madre lo que iba a decirme, me ha preguntado: "¿Ya tienes la sillita de bebé instalada en el coche?".

Todas las madres que estaban en la sala han aplaudido. Instalar la sillita del coche es la mejor noticia que te puede dar un médico aquí, es el pasaporte a la vida. Y los propios doctores se emocionan, porque saben que lo que les han dado a estos niños que consiguen salir del hospital pueden ser ochenta o cien años de vida. No hay doctores que puedan ofrecer más expectativa de vida que aquellos que trabajan con bebés prematuros. Estos doctores son gestantes. Son mujeres. Son madres.

***

Adrianne entra con la cara iluminada. Pone una pequeña esponja en mi mano, se dirige a MiNiña y le dice: "¡No me digas que tu madre pensaba llevarte a casa sin darte un baño!".

Claro que sabía que en algún momento debía bañarla, claro que tenía muchas preguntas sobre cuándo y cómo hacerlo, pero tengo tantas preguntas sobre tantas cosas que aún no pensaba que fuera prioritario. Es una sorpresa. Un regalo.

MiNiña reacciona con un gesto que me hace mucha gracia, como si hubiera entendido, abre los ojos tanto como puede e inclina la cabeza haciendo un pequeño ruidito. Creo que este, sí, este preciso momento es el más feliz de mi vida, ese que otras madres identifican con el día del parto. Ahora sí. El primer baño completo de MiNiña, este es mi parto a término, MiBebé terminada de hacer.

Adrianne la pone en mis brazos. Ya hace días que no hay cables, sólo una cánula nasal que no parece molestarle. Ahora soy una madre con un bebé en brazos. Un bebé que parece bebé. Una madre que parece madre. Vivas. Las dos. Y junto con Adrianne nos dirigimos al baño. Ahí veo el proceso, el mismo que Adrianne me aconseja seguir en casa:

Adrianne envuelve a MiNiña en una toalla, totalmente, la lía como si fuera un rollito de primavera, con los bracitos pegados al cuerpo.

Comprueba la temperatura del agua mediante un termómetro.

Pone en contacto la espalda de MiNiña, liada en su rollito, con el agua, y la empieza a mecer de una manera muy relajada, al mismo tiempo que la va introduciendo en horizontal hasta que el agua le cubre todo menos la cabeza.

Me señala una toallita que hay en una bandeja y me dice que le limpie la cara, sin jabón, sólo agua, con mucha delicadeza.

Tomo la toallita, está tibia, es una temperatura tan agradable, y entonces empiezo a pasarla por la frente de MiBebé, por sus ojitos, desde el lagrimal hasta el exterior, su boquita. MiNiña saca la lengua, como queriendo chupar el agua. Definitivamente parece un bebé. Sigo limpiándole la carita con mucho cuidado, y, luego, Adrianne me dice en tono lúdico: "Vamos a lavarle el pelo".

Adrianne no deja de mecer a mi hija, que parece estar a gusto. No, no lo parece, realmente lo está. Es mi hija, ya la conozco. Está feliz, relajada, disfrutando de este momento único también para ella, sensorial y placentero.

Con un poco de jabón, le lavo su pelito, que es muy poco, flota en el agua como hebras de lana fina. Luego se lo aclaro con un poquito de agua de la misma bañera, haciendo un cuenco con mi mano. Siento que la estoy bautizando, aunque sea de ateísmo, de algún modo no sólo siento que la esté aseando, sino que la estoy purificando. Ahora sí. Ahora sí: Tengo que darle un nombre. Lo pensaré después.

Luego Adrianne me explica que hay que desenvolver el rollito por partes, para enjabonarla entera. Primero una pierna, retiramos la toallita, la lavamos, luego la otra pierna, luego el culito, la barriguita, un brazo, el otro, el pecho…, siempre cubriendo de nuevo la zona que acabamos de limpiar. Finalmente mi rollito está de nuevo completamente cubierto en su toalla cálida y mojada. Adrianne sigue meciéndola. Por último, le retira la toalla y deja que por unos instantes toda su piel esté en contacto con el agua de manera directa.

La secamos, le ponemos su pañal y la vestimos con un pijamita. Antes de ponerle el gorrito, MiBebé ya está dormida.

El día más feliz de mi vida.

Mi parto de agua.

***

Y pienso en la playa, inevitablemente. No en la playa donde mi madre precipitó mi parto, sino en la otra, donde aquel domingo de hace treinta y seis años mi familia decidió reunirse para pasar todo el día. Recuerdo parte de la comida que llevábamos. Las sandías enterradas y fijas en la orilla para mantenerlas frías con el agua del mar, y que yo iba a revisar de vez en cuando, me hacía sentir importante ser la guardiana de algo. También recuerdo alejarme del mar para poder cavar un hoyo profundo hasta que saliera agua. Eso me gustaba particularmente: no hacer huecos cerca de la orilla, donde el agua aparecía de inmediato, sino más lejos, más cerca del pinar que del mar, donde tenía que usar palas y escarbar mucho tiempo para empezar a ver primero piedras pequeñas, luego más grandes, y después, tras retirarlas, un poquito de agua, y por fin más y más. Aquello me hacía pensar que podía encontrar agua en cualquier lugar, en el desierto, por ejemplo, y es que siempre llevaba conmigo las películas de aventuras y supervivencia. Cuando ya me había cansado de la profundidad del hoyo, ponía una toalla encima y lo cubría de arena para camuflarlo. Entonces llamaba a alguien de la familia para que viniera y, con suerte para mi broma, metiera un pie en el hoyo sin darse cuenta. Me encantaban las bromas. En fin, recuerdo muchas muchas cosas, también, como ya conté, recuerdo a mi madre, excelente nadadora, enseñándome a esquivar los golpes de las olas buceando cuando las más grandes venían hacia nosotras. Me gustaba ver la ola desde abajo, sentirme segura, con mi madre que me agarraba la mano con mucha fuerza, ambas aguantando la respiración hasta que la ola terminaba de pasar sobre nosotras y la veíamos romper, blanca, espumosa, en la orilla. Mi madre era bella en aquellos momentos, incluso las mujeres que la veían en bikini en la playa halagaban su cuerpo, llamaba la atención, y me quería. Todos los días, hasta aquel día unas horas después, me quiso. Si hubiera tenido un reloj, podría precisar la hora exacta en que desaparecí para ella, la misma a la que desapareció mi prima, cuando se despertó y, tal vez también como juego, se escurrió con cuidado de los brazos de mi madre dormida y logró llegar hasta el pinar sin que nadie de la familia se percatara. Yo no sé si no la recuerdo porque era pequeña, o si mi memoria me hizo el favor de apartarla para no culparla por el desamor de mi madre hacia mí.

***

Salimos del ascensor. A medida que avanzamos por los pasillos, hay un rumor que se propaga desde un sonido suave a un alboroto de emoción. Son los aplausos de médicos, de personal sanitario y pacientes, que se han colocado a ambos lados del pasillo para despedirnos. Siento lo que sentí esas veces cuando estabas en quirófano: que en este momento todos tus médicos sólo pensaban en una vida: la tuya. Pero en esta ocasión es distinto, porque ahora no son sólo tus médicos. Durante el tiempo que hemos estado aquí ya se había propagado la noticia de que la bebé microprematura que nadie pensó que podría sobrevivir, volverá a casa hoy, y otros especialistas, técnicos que no he visto nunca, se han unido a esta celebración. Ahora ya no te cuidan. Te admiran.

***

Antes de colocarte en tu sillita, miro hacia atrás, y hacia arriba, y me fijo en el rascacielos, el edificio del hospital con el que comparto esta función: Madre. Eres hija de muchos. Ya no me avergüenza, ya no pienso que mi cuerpo falló. Hija de muchos. Ese es un regalo en el que nunca había pensado. Hija querida por tantos.

***

Tal vez tengas la vista muy dañada y usarás gafas desde muy pronto, tal vez siempre seas la niña más bajita de la clase, tal vez habrá algunas secuelas algo más complicadas que ahora los médicos no pueden anticipar o tal vez crezcas como cualquier otra niña. Pero, pase lo que pase en un futuro que aún sigue siendo muy incierto, sí hay una cosa segura: puedo responder con un sí rotundo a las dos preguntas más importantes para un ser humano:

¿Podrás amar?

Por supuesto.

¿Podrás ser amada?

Más que nadie en el mundo.

NOTAS

[1] Para algunas de estas imágenes me he basado en el testimonio de Sonali Deraniyagala en su libro *Wave: A Memoir.* Nueva York: Vintage, 2013.

[2] Todas las citas de Sy Montgomery están extraídas de su libro *The Soul of an Octopus.* Londres: Simon and Schuster, 2015. La traducción es mía.

[3] Aprendí sobre la enfermedad Urbach-Wiethe gracias al libro de Henry Marsh *And Finally. Matters of Life and Death.* Londres: Jonathan Cape, 2022.

[4] Sławomir Mrożek, *La mosca.* Madrid: Acantilado, 2005.

[5] Esta anécdota no es mía. Pertenece al relato de una de mis estudiantes, Claudia. La escogí porque representa y condensa perfectamente el sentimiento de otros muchos episodios de mi vida.

ÍNDICE

ACABOSE DE IMPRIMIR ESTE LIBRO
EL DÍA 27 DE MARZO DE 2024